HOME

TONI MORRISON

HOME

Traduit de l'anglais (États-Unis)
par Christine LAFERRIÈRE

CHRISTIAN BOURGOIS ÉDITEUR ◊

Titre original :
Home

Réalisation : Nord-Compo à Villeneuve-d'Ascq
Impression : CPI Firmin-Didot à Mesnil-sur-l'Estrée
Dépôt légal : août 2012. N° 2166-5(114510)
Imprimé en France

Slade

À qui est cette maison ?
À qui est la nuit qui écarte la lumière
À l'intérieur ?
Dites, qui possède cette maison ?
Elle n'est pas à moi.
J'en ai rêvé une autre, plus douce, plus lumineuse,
Qui donnait sur des lacs traversés de bateaux peints,
Sur des champs vastes comme des bras ouverts
pour m'accueillir.
Cette maison est étrange.
Ses ombres mentent.
Dites, expliquez-moi, pourquoi sa serrure
correspond-elle à ma clef ?

1

Ils se sont dressés comme des hommes. On les a vus.
Comme des hommes ils se sont mis debout.

On n'aurait pas dû se trouver à proximité de cet
endroit. Comme la plupart des terres cultivées à l'extérieur de Lotus, Géorgie, celle-ci comportait une mul-
titude d'avertissements effroyables. Les menaces étaient
accrochées à des clôtures en treillis retenues par un pieu
tous les quinze mètres environ. Mais quand on a vu un
passage creusé par un animal quelconque – un coyote
ou un chien de chasse – on n'a pas pu résister. On
était seulement des gosses. Elle, l'herbe lui arrivait à
l'épaule et moi, à la taille, donc on a traversé le passage à plat ventre, en prenant garde aux serpents. La
récompense valait bien le mal que le jus d'herbe et les
nuées de moucherons nous avaient fait aux yeux, parce
que juste en face de nous, à environ cinquante mètres,
ils se sont dressés comme des hommes. Les sabots en l'air
qui cognaient et frappaient, la crinière rejetée en arrière
pour dégager des yeux blancs affolés. Ils se mordaient
comme des chiens mais quand ils se sont mis debout,
en appui sur leurs jambes de derrière, celles de devant
autour du garrot de l'autre, on a retenu notre souffle,
émerveillés. L'un était couleur de rouille, l'autre d'un

noir profond ; tous les deux luisants de sueur. Les hen-
nissements n'étaient pas aussi effrayants que le silence
qui a suivi une ruade dans les lèvres retroussées de
l'adversaire. Tout près, des poulains et des juments
grignotaient de l'herbe ou regardaient ailleurs, indif-
férents. Puis ça s'est arrêté. Celui couleur de rouille a
baissé la tête et piaffé pendant que le vainqueur s'éloignait en gambadant selon un arc de cercle, bousculant
les juments devant lui.

Alors qu'on retraversait l'herbe en jouant des coudes
pour regagner le passage et éviter la file de camions
garés de l'autre côté, on s'est perdus. Bien qu'il nous
ait fallu une éternité pour de nouveau apercevoir la
clôture, aucun de nous deux n'a paniqué, jusqu'à ce
qu'on entende des voix, pressantes, mais basses. Je l'ai
attrapée par le bras et j'ai mis un doigt sur mes lèvres.
Sans jamais lever la tête, juste en regardant à travers
l'herbe, on les a vus tirer un corps d'une brouette et
le balancer dans une fosse qui attendait déjà. Un pied
dépassait du bord et tremblait, comme s'il pouvait sortir,
comme si, en faisant un petit effort, il pouvait surgir
de la terre qui se déversait. On ne voyait pas le visage
des hommes qui procédaient à l'enterrement, seulement
leur pantalon ; mais on a vu le tranchant d'une pelle
enfoncer le pied qui tressautait pour lui faire rejoindre
ce qui allait avec. Quand elle a vu ce pied noir, avec
sa plante rose crème striée de boue, enfoui à grands
coups de pelle dans la tombe, elle s'est mise à trembler de tout son corps. Je l'ai prise par les épaules en
la serrant très fort et j'ai essayé d'attirer son tremble-
ment dans mes os parce que, en tant que grand frère
âgé de quatre ans de plus qu'elle, je pensais pouvoir y
arriver. Les hommes étaient partis depuis longtemps et

*la lune était un cantaloup au moment où on s'est sen-
tis suffisamment en sécurité pour déranger ne serait-ce
qu'un brin d'herbe et repartir à plat ventre, en cher-
chant le passage creusé sous la clôture. Quand on est
rentrés chez nous, on s'attendait à prendre une raclée
ou du moins à se faire gronder pour être restés si tard
dehors, mais les adultes ne nous ont pas remarqués.
Leur attention était accaparée par des troubles.*

*Puisque vous tenez absolument à raconter mon his-
toire, quoi que vous pensiez et quoi que vous écriviez,
sachez ceci : je l'ai vraiment oublié, l'enterrement. Je
ne me souvenais que des chevaux. Ils étaient tellement
beaux. Tellement brutaux. Et ils se sont dressés comme
des hommes.*

2

Respirer. Comment y parvenir de sorte que personne ne sache qu'il était éveillé. Simuler un ronflement régulier et profond, relâcher la lèvre inférieure. Surtout, les paupières ne doivent pas bouger, il faut avoir un pouls égal et les mains molles. À deux heures du matin, quand ils passeraient pour décider s'il lui fallait une autre injection paralysante, ils verraient le patient de **la c**hambre 17, au premier étage, plongé dans un sommeil induit par la morphine. S'ils étaient convaincus, ils lui épargneraient peut-être la piqûre et desserreraient les sangles pour que ses mains puissent profiter d'un peu de circulation sanguine. L'astuce pour feindre le semi-coma, comme pour faire le mort face contre terre sur un champ de bataille boueux, c'était de se concentrer sur un unique objet neutre. Quelque chose qui étoufferait toute trace fortuite de vie. De la glace, se dit-il, un cube de glace, un glaçon, un étang recouvert d'une croûte de glace ou un paysage de givre. Non. Trop d'émotion rattachée aux collines gelées. Du feu, alors ? Jamais. Trop actif. Il lui faudrait quelque chose qui ne remue pas de sentiments, n'encourage aucun souvenir – agréable ou honteux. La seule recherche d'un tel objet rendait nerveux. Tout lui rappelait un élément chargé de douleur. La visualisation d'une feuille de papier vierge orienta son esprit vers la lettre qu'il avait reçue – celle qui lui avait serré la gorge : « Venez vite. Elle mourra si vous tardez. » Pour finir, il choisit en guise d'objet neutre la chaise qui se trouvait dans un coin de la chambre. Du bois. Du chêne. Laqué ou peint. Combien de barres à son dossier ? Le siège était-il plat ou incurvé pour les fesses ? Fabriquée à la main ou à l'usine ? Si elle avait été fabriquée à la main, qui était le menuisier et où se procurait-il son bois ? À quoi bon. La chaise suscitait des questions, non l'indifférence totale. Et l'océan vu du pont d'un navire militaire par un jour de nuages – pas d'horizon ni d'espoir d'horizon ? Non. Pas cela, car parmi les corps conservés au froid en dessous, certains, peut-être, étaient des gars de chez lui. Il lui faudrait se concentrer sur autre chose, un ciel nocturne, sans étoiles, ou mieux, des rails. Pas de paysage, pas de trains, juste des rails, des rails à l'infini.

On lui avait pris sa chemise et ses bottes à lacets, mais son pantalon et sa veste militaires (ni l'un ni l'autre un instrument de suicide efficace) étaient suspendus dans le placard. Il lui suffisait de longer le couloir jusqu'à la porte de sortie, qui n'était plus fermée à clé depuis qu'un incendie s'était déclaré à cet étage, dans lequel une infirmière et deux patients avaient trouvé la mort. Ça, c'était l'histoire que lui avait racontée Crane, l'aide-soignant bavard comme une pie, qui mastiquait son chewing-gum à toute vitesse en lavant les aisselles du patient ; mais lui croyait que ce n'était qu'une version destinée à couvrir les pauses cigarette du personnel. Son premier plan d'évasion consistait à assommer Crane la prochaine fois qu'il viendrait débarrasser ses excréments. Cela exigeait que les sangles soient desserrées et comme ce plan était trop risqué, il opta pour une autre stratégie.

Deux jours auparavant, quand il s'était retrouvé menotté à l'arrière de la voiture de police, il avait violemment secoué la tête pour voir où il était et où il allait. Il n'était jamais venu dans ce quartier. Son territoire, c'était Central City. Rien de particulier ne ressortait ici, hormis la lumière crue du néon d'un petit restaurant et une énorme pancarte, dans un jardin, signalant un minuscule édifice : Église épiscopale méthodiste africaine de Sion. S'il arrivait à franchir l'issue de secours, voilà où il se dirigerait : vers Sion. Cependant, avant de s'enfuir, il lui faudrait se procurer des chaussures, d'une manière ou d'une autre, peu importe comment. Marcher où que ce soit en hiver sans chaussures lui garantirait d'être arrêté et renvoyé à l'hôpital jusqu'à ce qu'il puisse être condamné pour vagabondage. Loi intéressante, le vagabondage – qui signifiait se trouver dehors ou marcher sans but clairement déterminé. Transporter un livre aiderait, mais aller pieds nus contredirait l'idée de « détermination » et rester immobile risquerait d'entraîner une plainte pour « délit d'intention ». Mieux que la plupart, Frank savait qu'il n'était pas nécessaire d'être à l'extérieur pour qu'il y ait répression, légale ou illégale. Vous pouviez être à l'intérieur, vivre dans votre propre maison depuis des années, et des hommes, avec ou sans insigne mais toujours armés d'un pistolet, pouvaient tout de même vous forcer, vous, votre famille, vos voisins, à plier bagage et déménager – avec ou sans chaussures. Vingt ans plus tôt, à l'âge de quatre ans, il en avait eu une paire, même si la semelle de l'une claquait à chaque pas. Les habitants de quinze maisons avaient reçu pour ordre d'abandonner leur petit quartier en bordure de la ville. Vingt-quatre heures, leur avait-on dit, autrement. « Autrement » signifiant « vous mourrez ». Comme les mises en garde étaient parvenues en tout début de matinée, le reste de la journée s'était réparti entre désarroi, colère et bagages. Vers le crépuscule, la plupart s'éloignait – dans des véhicules s'ils en disposaient, sinon à pied. Pourtant, malgré les menaces proférées par des individus à la fois avec et sans cagoule, et malgré les supplications des voisins, un homme d'un certain âge dénommé Crawford était resté assis sur les marches de la galerie devant sa maison, refusant d'évacuer les lieux. Les coudes sur les genoux, mains croisées, il avait attendu toute la nuit en chiquant du tabac. Juste après l'aube, passé la vingt-quatrième heure, il fut battu à mort, à coups de tuyau et de crosse de fusil, puis ligoté au plus vieux magnolia du comté – celui qui poussait dans son propre jardin. Peut-être le fait même d'aimer cet arbre – dont il se vantait qu'il avait été planté par sa grand-mère – l'avait-il rendu si opiniâtre. Au cœur de la nuit, certains de ses voisins qui s'étaient enfuis revinrent en douce le détacher et l'enterrer au pied de son bien-aimé magnolia. L'un des fossoyeurs dit à qui voulait l'entendre que M. Crawford avait eu les yeux arrachés.

Même si les chaussures étaient essentielles à son évasion, le patient n'en avait pas. À quatre heures du matin, avant le lever du soleil, il réussit à desserrer les sangles de toile, à se libérer et déchirer la blouse de l'hôpital. Il enfila son pantalon et sa veste militaires, puis se glissa pieds nus jusqu'au bout du couloir. À l'exception des bruits de sanglots provenant de la chambre voisine de l'issue de secours, tout était silencieux – pas de crissements de chaussures d'un aide-soignant ni de petits rires étouffés ; pas d'odeur de fumée de cigarette. Les gonds gémirent lorsqu'il ouvrit la porte et que le froid l'étourdit comme un coup de marteau.

Le métal glacé de l'escalier de secours lui causa une telle douleur qu'il sauta par-dessus la rampe et planta ses pieds dans la neige, plus tiède, par terre. Un clair de lune dément, assorti à sa frénésie désespérée, faisait le travail d'étoiles absentes en éclairant ses épaules voûtées et les empreintes de ses pas dans la neige. Il avait sa médaille de combattant dans sa poche, mais pas de monnaie, si bien qu'il ne lui vint pas à l'idée de chercher une cabine téléphonique pour appeler Lily. Il ne l'aurait pas fait, de toute façon, non seulement en raison de la froideur de leurs adieux, mais aussi parce qu'il aurait eu honte d'avoir besoin d'elle en cet instant – un échappé de l'asile sans rien aux pieds. Serrant son col contre sa gorge, préférant aux trottoirs déblayés la neige accumulée en bordure de la rue, il courut le long des six pâtés de maisons aussi vite que le lui permettait le résidu des médicaments de l'hôpital, jusqu'au presbytère de l'église épiscopale méthodiste africaine de Sion, maison en bardeaux à un étage. La neige avait été entièrement balayée des marches du perron, mais la maison était plongée dans le noir. Il frappa, fort, se dit-il en considérant à quel point ses mains étaient engourdies, mais non de manière menaçante comme le *bam bam* d'un groupe de citoyens, d'une foule ou de la police. L'insistance finit par payer : une lumière s'alluma et la porte s'entrouvrit légèrement, puis plus grand, sur un homme aux cheveux gris vêtu d'un peignoir de flanelle, ses lunettes à la main et qui fronçait les sourcils face à l'impudence de ce visiteur d'avant l'aube.

Il voulut dire « Bonjour » ou « Excusez-moi », mais son corps était agité de violentes secousses, telle une victime de la danse de Saint-Guy, et ses dents claquaient de manière si incontrôlable qu'il ne pouvait émettre un son. L'homme qui se tenait à la porte toisa ce visiteur tout tremblant, puis recula pour le laisser entrer.

« Jean ! Jean ! » lança-t-il en se tournant afin d'orienter sa voix vers l'étage. Puis il fit signe au visiteur d'avancer. « Doux seigneur, marmonna-t-il en refermant la porte. Dans quel état vous êtes ! »

Il tenta de sourire, mais sans succès.

« Je m'appelle Locke, révérend John Locke. Et vous ?

— Frank, monsieur. Frank Money.

— Vous venez du bout de la rue ? De cet hôpital ? »

Frank opina du chef, tout en piétinant et en se frottant les doigts pour tenter de leur rendre vie.

Le révérend Locke poussa un grognement. « Asseyez-vous, dit-il, puis il ajouta en secouant la tête : Vous avez de la chance, monsieur Money. Ils vendent beaucoup de corps, là-bas.

— De corps ? » Frank s'enfonça dans le canapé en ne prêtant que vaguement attention à cette remarque ou en se demandant de quoi parlait cet homme.

« Eh oui. À l'école de médecine.

— Ils vendent des cadavres ? Pour quoi faire ?

— Eh bien, vous savez, les médecins ont besoin

de travailler sur les pauvres qui sont morts pour pouvoir aider les riches qui sont en vie. »

« John, arrête. » Jean Locke descendait l'escalier en resserrant la ceinture de sa robe de chambre. « Ce ne sont que des bêtises. »

« Voici ma femme, dit Locke. Et même si elle est adorable comme tout, elle a souvent tort.

— Bonjour, madame. Je suis désolé de... » Sans cesser de grelotter, Frank se leva.

Elle l'interrompit. « Pas la peine. Restez assis », dit-elle avant de disparaître dans la cuisine.

Frank obéit. L'absence de vent mise à part, la maison était à peine moins glaciale que le dehors et les housses en plastique tendues sur le canapé n'aidaient pas.

« Désolé s'il fait trop froid pour vous dans la maison, dit Locke en remarquant les lèvres tremblantes de Frank. Nous, on est habitués à la pluie, par ici, pas à la neige. Vous venez d'où, au fait ?

— Central City. »

Locke eut un gémissement, comme si cette réponse expliquait tout.

« Vous cherchez à y retourner ?

— Non, monsieur. Je suis en route pour le Sud.

— Alors comment se fait-il que vous ayez fini à l'hôpital et pas en prison ? C'est là que vont la majorité des gens pieds nus et à moitié habillés.

— Le sang, j'imagine. Beaucoup de sang qui me coulait sur la figure.

— Comment est-il arrivé là ?

— Je ne sais pas.

— Vous ne vous souvenez pas ?

— Non. Seulement du bruit. Fort. Vraiment fort. »

Frank se passa la main sur le front. « J'étais peut-être mêlé à une bagarre ? » Il posait la question comme si le révérend était susceptible de savoir pourquoi on l'avait attaché et endormi pendant deux jours.

Le révérend Locke lui lança un regard inquiet. Pas nerveux, seulement inquiet. « Ils ont dû penser que vous étiez dangereux. Si vous aviez été seulement malade, ils ne vous auraient jamais admis. Vous vous dirigez où exactement, mon frère ? » Il était toujours debout, les mains derrière le dos.

« La Géorgie, monsieur. Si j'y arrive.

— Je ne vous le fais pas dire. Un sacré bout de chemin… Est-ce qu'il a de l'argent, le frère Money ? demanda Locke en souriant de son propre esprit.

— J'en avais quand ils m'ont cueilli », répondit Frank. Il n'y avait désormais rien dans les poches de son pantalon, hormis sa médaille militaire. Et il ne se rappelait pas combien lui avait remis Lily. Seulement sa moue boudeuse et son regard implacable.

« Mais il s'est envolé, maintenant, hein ? » Locke plissa les yeux. « La police vous recherche ?

— Non, répondit Frank. Non, monsieur. Ils m'ont juste embarqué et mis chez les fous. »

Il replia les mains devant sa bouche et souffla dessus. « Je ne crois pas qu'ils m'aient inculpé de quoi que ce soit.

— S'ils l'ont fait, vous ne le sauriez pas. »

Jean Locke revint avec une bassine d'eau froide. « Mettez vos pieds là-dedans, mon petit. Elle est froide, mais il ne doivent pas se réchauffer trop vite. »

Frank plongea ses pieds dans l'eau en poussant un soupir. « Merci. »

« Ils l'ont arrêté pour quel motif ? La police, je

veux dire. » Jean posait la question à son mari, qui haussa les épaules.

Quel motif, en effet. À part ce grondement de B-29, ce qu'il faisait exactement pour attirer l'attention de la police avait disparu depuis longtemps. Il n'arrivait pas à se l'expliquer à soi-même, encore moins à ce couple aimable qui lui offrait son aide. S'il n'était pas mêlé à une bagarre, est-ce qu'il urinait sur le trottoir ? Hurlait des injures à un passant, à des écoliers ? Est-ce qu'il se cognait la tête contre un mur ou se cachait derrière des buissons dans le jardin de qui que ce soit ?

« J'ai dû mal me conduire, dit-il. Quelque chose comme ça. »

Il n'arrivait franchement pas à se rappeler. S'était-il jeté à terre au bruit de détonations soudaines ? Il avait peut-être provoqué une bagarre avec un inconnu ou s'était mis à pleurer face à des arbres – en s'excusant auprès d'eux d'actes qu'il n'avait jamais commis. Ce dont il se souvenait, c'était qu'en dépit du sérieux de sa mission, son anxiété était devenue incontrôlable dès que Lily avait refermé la porte derrière lui. Il s'était payé quelques verres pour se calmer en prévision du long voyage. Quand il avait quitté le bar, son anxiété avait bel et bien disparu, mais sa raison également. Voilà que revenait la rage incontrôlée, la haine de soi déguisée en faute de quelqu'un d'autre. Et les souvenirs qui avaient mûri à Fort Lawton, d'où, à peine rendu à la vie civile, il avait commencé à errer. En débarquant, il avait pensé envoyer un télégramme chez lui, puisque personne à Lotus n'avait le téléphone. Mais de même que les opérateurs du téléphone, ceux du télégraphe étaient eux aussi en grève. Sur une carte postale à deux *cents*, il avait écrit : « Rentré sain et sauf. Vous tous, à bientôt ». « Bientôt » n'arrivait jamais parce qu'il ne voulait pas revenir à la maison sans ses « gars de chez lui ». Il était bien trop vivant pour se retrouver face aux proches de Mike ou de Stuff. Sa respiration facile et son corps indemne seraient pour eux une insulte. Et quel que soit le mensonge qu'il échafauderait sur le courage avec lequel ils étaient morts, il ne pourrait reprocher à leur famille de lui en vouloir. En outre, il détestait Lotus. Sa population impitoyable, son isolement et surtout son indifférence à l'avenir n'étaient supportables que si ses copains étaient avec lui.

« Vous êtes rentré depuis combien de temps ? » Le révérend Locke était toujours debout. Son visage s'adoucit.

Frank leva la tête. « Environ un an. »

Locke se gratta le menton ; il était sur le point de parler lorsque Jean revint avec une tasse et une assiette de biscuits secs. « Ce n'est que de l'eau chaude abondamment salée, dit-elle. Buvez tout, mais lentement. Je vais vous chercher une couverture. »

Frank but deux petites gorgées, puis avala le reste d'un trait. Quand Jean lui en apporta d'autre, elle dit : « Trempez les biscuits dans le liquide, mon petit. Ils passeront mieux.

— Jean, dit Locke, va voir ce qu'il y a dans le tronc.

— Il lui faut aussi des chaussures, John. »

Comme ils n'en avaient pas en réserve, ils posèrent quatre paires de chaussettes et des caoutchoucs déchirés près du canapé.

« Allez dormir, mon frère. Vous avez devant vous une journée difficile, et je ne parle pas que de la Géorgie. »

Frank s'endormit entre une couverture de laine et les housses en plastique, puis fit un songe parsemé de fragments de corps. Il se réveilla sous une lumière belliqueuse et sentit l'odeur du pain grillé. Il mit un moment, plus longtemps qu'il n'aurait dû, à se rappeler où il était. Le résidu des médicaments administrés deux jours durant à l'hôpital se dissipait, mais lentement. Où qu'il se trouvât, il était heureux que l'éclat aveuglant du soleil ne lui fasse pas mal à la tête. Il se redressa et remarqua sur le tapis des chaussettes pliées avec soin, semblables à des pieds brisés. Puis il entendit des murmures en provenance d'une autre pièce. Tandis qu'il regardait fixement les chaussettes, le passé immédiat lui revint : la fuite de l'hôpital, la course dans le froid ; pour finir, le révérend Locke et sa femme. Aussi était-il de retour dans le monde réel quand Locke entra et lui demanda comment il se sentait après ces trois heures de sommeil.

« Bien. Je me sens en forme », répondit Frank.

Locke lui montra la salle de bains et posa un nécessaire de rasage ainsi qu'une brosse à cheveux sur le rebord du lavabo. Les chaussettes aux pieds, une fois sa toilette faite, Frank fouilla les poches de son pantalon pour voir si les aides-soignants avaient oublié quoi que ce soit, une pièce de dix ou de vingt-cinq *cents*, mais la seule chose qu'ils lui avaient laissée était sa médaille de fantassin. Bien entendu, l'argent que lui avait donné Lily avait disparu également. Frank s'assit à la table au plateau émaillé, puis prit un petit déjeuner composé de bouillie d'avoine et de pain grillé trop généreusement beurré. Au centre de la table se trouvaient huit billets d'un dollar et une avalanche de monnaie. Ç'aurait pu être un pot de poker, à ceci près que cet argent avait sans nul doute été bien plus durement gagné : les pièces de vingt-cinq *cents*, sorties de porte-monnaie minuscules ; celles de cinq, cédées à contre-cœur par des enfants qui avaient d'autres projets (plus gourmands) pour elles ; les coupures d'un dollar représentant la générosité d'une famille entière.

« Dix-sept dollars, dit Locke. C'est plus qu'assez pour un billet d'autocar jusqu'à Portland et continuer ensuite vers quelque part près de Chicago. Certes, ça ne vous emmènera sûrement pas jusqu'en Géorgie, mais quand vous arriverez à Portland, voici ce que vous allez faire. »

Il recommanda à Frank de contacter le révérend Jessie Maynard, pasteur d'une église baptiste, et ajouta qu'il l'appellerait à l'avance pour lui dire d'en guetter un autre.

« Un autre ?

— Eh bien, vous n'êtes pas le premier, loin de là. Une armée où les Noirs ont été intégrés, c'est le malheur intégré. Vous allez tous au combat, vous rentrez, on vous traite comme des chiens. Enfin presque. Les chiens, on les traite mieux. »

Frank le regarda fixement, mais ne dit rien. L'armée ne l'avait pas si mal traité que ça. Ce n'était pas sa faute s'il lui arrivait de devenir cinglé. En fait, lors de sa démobilisation, les médecins avaient été gentils et prévenants ; ils lui avaient dit que sa folie finirait par passer. Surtout, évitez l'alcool, avaient-ils ajouté. Ce qu'il n'avait pas fait. Pas pu. Jusqu'à ce qu'il rencontre Lily.

Locke tendit à Frank un rabat qu'il avait déchiré d'une enveloppe et sur lequel figurait l'adresse de

Maynard, en lui disant que Maynard avait une grande congrégation et qu'il pourrait lui fournir plus d'aide que son petit troupeau à lui.

Jean avait emballé six sandwichs, certains au fromage, d'autres à la saucisse de bœuf et de porc, et trois oranges dans un sac en papier. Elle le lui tendit, ainsi qu'un bonnet de laine. Frank coiffa le bonnet et, tout en regardant à l'intérieur du sac, demanda :

« Le trajet dure combien de temps ?

— Peu importe, répondit Locke, vous serez reconnaissant de chaque bouchée puisque vous ne pourrez vous asseoir au comptoir d'aucun arrêt. Écoutez-moi bien, vous venez de Géorgie, vous avez été dans une armée où la ségrégation a été abolie et vous vous imaginez peut-être que le Nord n'a rien à voir avec le Sud. N'allez pas croire ça et n'y comptez pas. La coutume est aussi réelle que la loi et peut être tout aussi dangereuse. Venez, maintenant. Je vais vous conduire. »

Frank resta à la porte tandis que le révérend prenait son manteau et ses clés de voiture.

« Au revoir, madame Locke. Vraiment, je vous remercie.

— Prenez soin de vous, mon petit », répondit-elle en lui tapotant l'épaule.

Au guichet, Locke échangea les pièces contre du papier-monnaie et régla le billet de Frank. Avant de rejoindre la queue devant la porte du car Greyhound, Frank remarqua une voiture de police qui roulait par là. Il s'agenouilla comme pour attacher ses caoutchoucs. Une fois le danger passé, il se releva, puis se tourna vers le révérend Locke et lui tendit la main. Durant cette poignée de main, les deux hommes se regardèrent droit dans les yeux, sans rien dire et en disant tout, comme si « adieu » signifiait ce qu'il avait voulu dire autrefois : je te recommande à Dieu.

Il y avait très peu de passagers ; néanmoins, Frank s'assit docilement sur le siège du fond en essayant de recroqueviller son corps d'un mètre quatre-vingt-dix, le sac de sandwichs serré contre lui. Par la fenêtre, à travers le duvet de neige, le paysage se faisait plus mélancolique quand le soleil réussissait à illuminer les arbres silencieux, incapables de s'exprimer sans leur feuillage. Les maisons d'allure solitaire redonnaient forme à la neige tandis que, çà et là, des chariots pour enfants en contenaient des montagnes. Seuls les camions bloqués dans les allées paraissaient vivants. Se demandant à quoi pouvait ressembler l'intérieur des maisons, il n'arrivait à rien imaginer du tout. Ainsi, comme souvent lorsqu'il était seul et sobre, quel que soit son environnement, il voyait un garçon remettre ses entrailles dans son ventre, les tenant au creux de ses mains comme une boule de cristal prête à éclater sous l'effet d'une mauvaise nouvelle ; ou bien il entendait un enfant ayant seulement la moitié inférieure du visage intacte et dont la bouche criait maman. Et lui les enjambait, les contournait pour rester en vie, pour empêcher son propre visage de se dissoudre, pour conserver ses propres tripes aux couleurs vives sous cette, ah, cette couche de chair si fine. Sur le fond noir et blanc de ce paysage hivernal, le rouge sang occupait le milieu de la scène. Elles ne disparaissaient jamais, ces images. Sauf avec Lily. Il choisit de ne pas considérer ce voyage comme une rupture. Une pause, espérait-il. Pourtant, il était difficile d'ignorer ce qu'était devenue la vie avec elle : sa voix se teintait d'une cruauté lasse et le murmure de sa déception définissait le silence. Parfois, le visage de Lily semblait se métamorphoser en l'avant d'une jeep – les yeux, des phares implacables, un regard lumineux et scrutateur au-dessus d'un sourire rappelant une grille. Étrange, comme elle avait changé. En se rappelant ce qu'il avait aimé en elle – le léger ventre, l'arrière de ses genoux et son visage d'une beauté à tomber par terre – il aurait dit qu'on l'avait recréée en personnage de dessin humoristique. Il ne pouvait pas être responsable de tout, pas vrai ? Est-ce qu'il ne fumait pas à l'extérieur de l'immeuble ? Est-ce qu'il ne déposait pas plus de la moitié de sa paye sur la coiffeuse pour qu'elle la dépense comme bon lui semblait ? Est-ce qu'il n'avait pas l'obligeance de relever le siège des toilettes – ce qu'elle prenait pour une insulte ? Et même s'il était ahuri autant qu'amusé par toute la panoplie féminine suspendue à la porte de la salle de bains ou qui encombrait les armoires, le rebord du lavabo et tous les espaces disponibles – douches vaginales, accessoires de lavement, flacons de solutions vinaigrées Massingill, cachets Lydia Pinkham contre les douleurs menstruelles, serviettes hygiéniques Kotex, pommade dépilatoire Neet, crèmes pour le visage, masques de boue, bigoudis, lotions, désodorisants –, jamais il n'y touchait ni ne remettait en question leur présence. Oui, il lui arrivait de rester assis des heures en silence – hébété, non désireux de parler. Oui, il perdait régulièrement les quelques petits boulots qu'il réussissait à se procurer. Et si, parfois, être à côté de Lily rendait la respiration difficile, Frank n'était pas du tout certain de pouvoir vivre sans elle. Ce n'était pas seulement l'acte d'amour, pénétrer dans ce qu'il appelait le royaume entre ses jambes. Quand il était couché, le poids tout féminin du bras de Lily sur son torse, les cauchemars se repliaient et il pouvait dormir. Quand il se réveillait auprès d'elle, sa première pensée n'allait pas à la brûlure bienvenue du whisky. Surtout, il n'était plus attiré par d'autres femmes – qu'elles soient ouvertement en train de flirter ou qu'elles s'exhibent pour leur plaisir personnel. Il ne les comparait pas à Lily : il les voyait simplement comme des gens. Il n'y avait qu'avec Lily que les images s'évanouissaient, glissaient derrière un écran dans son cerveau, pâles, mais qui attendaient, attendaient et accusaient. Pourquoi ne t'es-tu pas dépêché ? Si tu étais arrivé là-bas plus tôt, tu aurais pu le secourir. Tu aurais pu l'emmener derrière la colline comme tu l'as fait avec Mike. Et tout ce massacre que tu as commis ensuite ? Les femmes qui couraient en traînant leurs enfants. Et ce vieil unijambiste sur sa béquille, qui clopinait au bord de la route pour ne pas ralentir les autres, plus rapides ? Tu lui as logé une balle dans le crâne en croyant que ça compenserait l'urine gelée sur le pantalon de Mike et que ça vengerait la bouche qui criait maman. Et alors ? Ça a marché ? Et la fille. Qu'a-t-elle donc fait pour mériter ce qui lui est arrivé ? Toutes les questions non formulées qui pullulaient comme des moisissures à l'ombre des photographies qu'il voyait. Avant Lily. Avant de la voir monter sur une chaise, s'étirer et tendre la main vers une étagère en haut de son placard afin d'attraper la boîte de levure chimique dont elle avait besoin pour le repas qu'elle était en train de lui préparer. Leur premier. Il aurait dû bondir et retirer la boîte de l'étagère. Mais non. Il ne pouvait détacher son regard de l'arrière de ses genoux. Alors qu'elle s'étirait, sa robe en doux coton à fleurs se relevait, dévoilant cette chair rarement remarquée, ah, si vulnérable. Et pour une raison qu'il ne comprenait toujours pas, il s'était mis à pleurer. L'amour tout court, simple et si rapide que Frank s'était retrouvé anéanti.

Il n'y avait nul amour de la part de Jessie Maynard à Portland. De l'aide, oui. Mais le mépris était glacial. À ce qu'il semblait, le révérend se consacrait aux nécessiteux, mais uniquement s'ils étaient vêtus comme il faut et non un ancien combattant robuste, jeune et immense. Il retint Frank sur la galerie à l'arrière de sa maison, près de l'allée dans laquelle était tapie une Oldsmobile Rocket 98, et sourit d'un air entendu en disant pour s'excuser : « Mes filles sont à l'intérieur. » L'insulte valait impôt infligé au suppliant en échange d'un pardessus, d'un pull-over et de deux billets de dix dollars. Suffisamment pour aller jusqu'à Chicago et peut-être faire la moitié du trajet en direction de la Géorgie. Toutefois, malgré son hostilité, le révérend Maynard lui donna des renseignements utiles pour son voyage. Il recopia dans le guide de Green[1] des adresses et noms d'immeubles avec chambres à louer, d'hôtels où on ne le refoulerait pas.

Frank enfouit la liste dans la poche du manteau que Maynard lui avait donné et, une fois hors de sa vue, fourra les billets dans ses chaussettes. Comme il se dirigeait vers la gare, sa nervosité quant à la

---

1. Guide de voyage à l'usage des Noirs (*The Negro Motorist Green Book,* puis *The Negro Travelers' Green Book,*), édité par Victor Green de 1936 à 1964. (*Toutes les notes en bas de page sont de la traductrice.*)

possibilité de vivre un autre incident – incontrôlable, suspect, destructeur et illégal – diminuait. De
plus, il savait parfois reconnaître quand une pause
se présentait. Cela s'était produit pour la première
fois quand il était monté à bord d'un car près de
Fort Lawton – le certificat de démobilisation intact.
Il était tout bonnement assis, sans rien dire, à côté
d'une femme vêtue d'habits éclatants. Sa jupe à
fleurs valait un univers de couleurs ; son corsage était
d'un rouge criard. Frank regarda les fleurs noircir
sur l'ourlet de sa jupe et la couleur s'évanouir sur
son corsage rouge, jusqu'à ce qu'il devienne blanc
comme lait. Puis, tout ; tout le monde. À la fenêtre
– les arbres, le ciel, un garçon en scooter, l'herbe,
les haies. Toute la couleur disparut et le monde
devint un écran de cinéma en noir et blanc. Il ne
hurla pas à ce moment-là, car il croyait qu'il lui
arrivait aux yeux quelque chose de grave. De grave,
mais non d'incurable. Il se demanda si c'était ainsi
que les chiens, les chats ou les loups percevaient le
monde. Ou bien devenait-il aveugle aux couleurs ?
À l'arrêt suivant, il descendit, puis se dirigea vers
une station d'essence Chevron, dont le *V* lançait
des flammes noires. Il voulait entrer dans les toilettes, uriner et regarder dans le miroir s'il n'avait
pas une infection à l'œil, mais l'inscription sur la
porte l'arrêta. Il se soulagea dans les arbustes derrière la station d'essence, contrarié et un peu effrayé
par le paysage dénué de couleurs. Le car était sur
le point de redémarrer, mais attendit le temps qu'il
remonte. Il descendit au dernier arrêt – à la gare
routière de la ville même où il avait débarqué et vu
des lycéennes accueillir en chantant les anciens com-

battants fatigués de la guerre. Dans la rue, devant la gare routière, le soleil lui faisait mal. Sa lumière malveillante l'incita à chercher de l'ombre. Et c'est là, sous un chêne du Nord, que l'herbe redevint verte. Soulagé, il savait qu'il ne crierait pas, ne fracasserait rien ni n'aborderait d'inconnus. Cela vint plus tard, lorsque explosèrent la honte de Frank et la furie du monde, quelle que soit sa palette. À présent, si les signes d'évanouissement de la couleur le prévenaient, il aurait le temps de filer se cacher. Ainsi, chaque fois que revint une teinte dans le paysage, il fut content de savoir qu'il ne devenait pas aveugle aux couleurs et que les images horribles pouvaient disparaître. Une fois sa confiance retrouvée, il pouvait supporter sans incident de passer une journée et demie dans un train pour Chicago.

Au signal d'une casquette rouge, il entra dans une voiture de passagers, poussa le rideau vert marquant la séparation et trouva un siège près de la fenêtre. Les secousses du train et la litanie des rails l'apaisèrent au point de le plonger dans un sommeil rare, si profond qu'il manqua le début de l'émeute, mais non la fin. Il s'éveilla au bruit des sanglots d'une jeune femme que consolaient des serveurs en veste blanche. L'un d'eux cala un oreiller derrière sa tête ; un autre lui donna une pile de serviettes en lin pour essuyer ses larmes et le sang qui lui coulait du nez. À côté d'elle, le regard détourné, se trouvait son mari qui rageait en silence – son visage, une tête de mort : la honte et sa compagne, l'inflexible colère.

Quand passa un serveur, Frank lui toucha le bras en lui demandant : « Qu'est-ce qui est arrivé ? » Il désigna le couple.

« Vous n'avez pas vu ça ?

— Non. Qu'est-ce que c'était ?

— Il y a le mari. Il est descendu à Elko se payer un café ou quelque chose là-bas, dit-il en agitant le pouce par-dessus son épaule. Le patron ou les clients, ou bien les deux, l'ont fichu dehors à coups de pied. Vraiment. Lui ont botté le cul, l'ont flanqué par terre, lui ont remis des coups de pied, et quand sa femme est venue lui porter secours, elle a pris une pierre dans la figure. On les a fait remonter en voiture, mais la foule a continué à hurler jusqu'à ce qu'on redémarre. Regardez, dit-il. Vous voyez ça ? » Il montra du doigt des jaunes d'œufs, qui ne dégoulinaient plus mais collaient à la vitre comme du phlegme.

« Quelqu'un l'a signalé au contrôleur ? lui demanda Frank.

— Vous êtes fou ?

— Probablement. Dites, vous connaissez un endroit correct pour manger et dormir à Chicago ? J'ai une liste ici. Vous savez quelque chose au sujet de ces endroits ? »

Le serveur ôta ses lunettes, les remit et parcourut la liste du révérend Maynard.

Le serveur fit la moue. « Pour manger, allez chez Booker, dit-il. C'est près de la gare. Pour dormir, le YMCA[1] est toujours une bonne idée. C'est sur Wabash Avenue. Ces hôtels et ce qu'on appelle les

---

1. YMCA (*Young Men's Christian Association*) : association fondée en Angleterre en 1844, bientôt représentée dans de nombreux pays et qui a très tôt mis en place des auberges de jeunesse.

pensions pour touristes peuvent vous coûter une jolie somme et on ne vous laisserait peut-être pas entrer, avec ces caoutchoucs en lambeaux aux pieds.

— Merci, dit Frank. Content d'entendre qu'ils ont des critères élevés. »

Le serveur pouffa. « Vous prendrez bien une goutte ? J'ai du Johnny Red dans ma valise. » Sur l'étiquette portant son nom était imprimé : C. TAYLOR.

« Oui. Oh que oui. »

Les papilles de Frank, peu curieuses des sand-wichs au fromage ou des oranges, s'animèrent à la seule mention du whisky. Juste une goutte. Juste assez pour apaiser et adoucir le monde. Pas plus.

L'attente parut longue et au moment précis où Frank était persuadé que l'homme avait oublié, Tay-lor revint avec une tasse à café, une soucoupe et une serviette. Une dose de scotch tremblait de manière engageante dans l'épaisse tasse blanche.

« Et voilà », dit Taylor, puis il longea le couloir en chancelant au rythme des balancements du train.

Les époux qui avaient été agressés chuchotèrent entre eux ; elle, d'une voix douce, suppliante ; lui, avec insistance. Quand ils rentreront chez eux, il va la battre, se dit Frank. Et qui ne le ferait pas ? Être humilié en public, c'est une chose. Un homme pou-vait s'en remettre. Ce qui était intolérable, c'était qu'une femme avait été témoin, *sa* femme, qui non seulement avait vu, mais avait osé tenter de lui por-ter secours – lui porter secours ! Il n'avait pas pu se protéger et n'avait pas pu la protéger non plus, comme le prouvait la pierre qu'elle avait reçue au visage. Il faudrait qu'elle paye pour ce nez cassé. Encore et toujours.

La tête de nouveau inclinée contre le châssis, il fit un petit somme après avoir bu la tasse de scotch et se réveilla en entendant quelqu'un s'installer à côté de lui. Bizarre. Il y avait plusieurs places libres dans toute la voiture. Il se tourna et, plus amusé que surpris, observa son compagnon de voyage – un petit homme coiffé d'un chapeau à large bord. Son costume bleu pâle consistait en une veste longue et un pantalon bouffant. Ses chaussures étaient blanches et anormalement pointues aux extrémités. L'homme regardait droit devant lui. Puisqu'on l'ignorait, Frank s'appuya de nouveau contre la vitre pour reprendre sa sieste. Aussitôt, l'homme en costume zazou se leva et disparut au bout du couloir. Ne demeurait aucune empreinte sur le siège en cuir.

Comme il traversait le paysage glacial aux teintes médiocres, Frank essaya de le décorer à nouveau en y peignant dans son esprit de gigantesques diagonales de pourpre, des X d'or sur les collines, en faisant dégouliner du jaune et du vert sur des champs de blé incultes. Ces heures passées à tenter sans succès de colorer à neuf le paysage de l'Ouest le rendirent nerveux, mais au moment où il descendit du train, il était assez calme. Le bruit de la gare était toutefois si agressif qu'il tendit la main pour se cramponner à un accoudoir. Comme il n'y en avait pas, évidemment, il s'appuya contre un support en acier jusqu'à ce que la panique retombe.

Une heure plus tard, il se servait une louchée de haricots blancs et beurrait du pain de maïs. Taylor, le serveur, avait raison. Booker n'était pas seulement un endroit correct et abordable pour manger, mais la compagnie – les dîneurs, l'employée au comptoir, les serveuses et une cuisinière qui chicanait haut et fort – était accueillante et pleine d'entrain. Tra vailleurs et oisifs, femmes des rues et mères, tous man-geaient et buvaient avec l'aisance d'une famille dans sa propre cuisine. Ce fut cette gentillesse prompte et sans façons qui incita Frank à parler librement avec l'homme occupant le tabouret voisin et qui lui dit spontanément son nom.

« Watson. Billy Watson. » Il lui tendit la main.

« Frank Money.

— Tu viens d'où, Frank ?

— Ah, mon vieux. La Corée, le Kentucky, San Diego, Seattle, la Géorgie. Tu dis un lieu, j'en viens.

— Tu cherches aussi à venir d'ici, Frank ?

— Non, je retourne en Géorgie.

— Géorgie ? cria la serveuse. J'ai de la famille à Macon. Pas de bons souvenirs de cet endroit. On s'est cachés dans une maison abandonnée pendant six mois.

— Cachés de quoi ? Des cagoules blanches ?

— Non, du proprio.

— Même chose.

— Pourquoi lui ?

— Ah, je t'en prie. C'était en 1938. »

D'un bout à l'autre du comptoir, il y eut des rires, retentissants et complices. Certains se mirent à rivaliser d'anecdotes concernant leur vie de misère dans les années trente.

Mon frère et moi, on a dormi pendant un mois dans un wagon de marchandises.

Il allait où ?

Loin, c'est tout ce qu'on savait.

T'as déjà dormi dans un poulailler où les poulets voulaient pas entrer ?

Ah, vieux, tais-toi donc. Nous, on a vécu dans une glacière.

Elle était où, la glace ?

On l'avait mangée.

Tu parles !

J'ai dormi sur tellement de planchers que la première fois que j'ai vu un lit, j'ai cru que c'était un cercueil.

T'as déjà mangé des pissenlits ?

Dans la soupe, c'est bon.

Des boyaux de porc. Ça porte un nom chic, maintenant, mais avant, les bouchers les jetaient ou nous les donnaient.

Les pieds aussi. Le cou. Tous les abats.

Chut. Vous faites couler mon affaire.

Quand les fanfaronnades et les rires se turent, Frank sortit la liste de Maynard.

« Ces endroits, t'en connais ? On m'a dit que le meilleur, c'était le YMCA. »

Billy parcourut les adresses et fronça les sourcils. « Laisse tomber, dit-il. Viens donc chez moi. Reste dormir. Fais connaissance avec ma famille. Tu ne peux pas partir ce soir, de toute façon.

— Exact, dit Frank.

— Je te ramènerai à la gare demain en temps voulu. Tu prends un car pour le Sud ou bien le train ? Le car, c'est moins cher.

— Le train, Billy. Tant qu'il y aura des employés des wagons-lits, c'est comme ça que je veux voyager.

— Pour sûr, ils gagnent bien. Quatre cents, cinq cents par mois. Plus les pourboires. »

Ils firent à pied tout le chemin jusqu'à la maison de Billy.

« On t'achètera des chaussures correctes demain matin, dit Billy. Et on s'arrêtera peut-être chez Goodwill, d'accord ? »

Frank éclata de rire. Il avait oublié combien il paraissait déguenillé. Chicago, fortifié par le vent et un arrogant ciel crépusculaire, regorgeait de piétons bien vêtus, qui marchaient à vive allure en se pavanant – comme pour respecter un délai prévu quelque part au bout de trottoirs plus larges que n'importe quelle rue de Lotus. Au moment où ils quittèrent le centre-ville pour pénétrer dans le quartier où vivait Billy, la nuit tombait.

« Dis bonsoir à Arlene, ma femme, et voici Thomas, notre petit homme. »

Frank trouva Arlene suffisamment jolie pour faire du théâtre. Sa chevelure gonflée couronnait un front haut et lisse, au-dessus d'yeux bruns féroces.

« Vous voulez tous dîner ? demanda Arlene.

— Non, répondit Billy. On a déjà mangé.

— Bien. » Arlene se préparait pour son service de nuit à l'usine métallurgique. Elle déposa un baiser sur le crâne de Thomas, assis à la table de la cuisine en train de lire un livre.

Penchés au-dessus de la table basse, Billy et Frank réordonnèrent ses babioles pour faire de la place afin de jouer au *tonk*[1], de discuter et de siroter tranquillement leur bière.

« Tu travailles dans quoi ? demanda Frank.

— L'acier, répondit Billy. Mais là, on est en grève, donc je fais la queue à l'agence et je prends n'importe quel travail à la journée que je peux obtenir. »

---

1. Variante du rami à laquelle jouent traditionnellement les Noirs américains.

Auparavant, quand Billy avait présenté son fils à Frank, le garçon avait levé le bras gauche pour lui serrer la main. Frank avait remarqué que le droit pendait mollement sur le côté. À présent, tout en battant les cartes, il demanda à Billy ce qui était arrivé au bras de son fils. Billy plaça ses mains en position de tir. « Un flic en voiture, dit-il. Le petit avait un pistolet à amorces. Huit ans, il courait d'un bout à l'autre du trottoir en pointant son jouet. Un péquenaud mal dégrossi trouvait que les autres flics sous-estimaient sa bite. »

— Tu ne peux pas tirer sur un gamin comme ça, dit Frank.

— Les flics tirent sur tout ce qu'ils veulent. Ici, c'est une ville à émeutes. Arlene est devenue un peu dingue dans la salle des urgences. Deux fois ils l'ont jetée dehors. Mais en fin de compte ça s'est bien terminé. Le bras amoché l'a maintenu à l'écart des rues et en classe. C'est un génie des maths. Gagne concours sur concours. Les bourses pleuvent.

— Donc le jeune flic lui a rendu service.

— Non. Non, non, non. C'est Jésus qui est intervenu pour faire ça. Il a dit : "Attendez, monsieur l'agent. Ne faites pas de mal à ce petit. Celui qui blesse un de ces petits trouble ma tranquillité d'esprit." »

Joli, se dit Frank. Un peu de Bible, ça marche à tous les coups et dans tous les endroits – sauf la zone de tir. « Jésus ! Jésus ! » Voilà ce qu'avait dit Mike. Ce qu'avait hurlé Stuff également. « Jésus, Dieu tout-puissant, je suis foutu, Frank, Jésus, aidez-moi. »

Le génie des maths n'eut aucune objection à dormir sur le canapé pour laisser son lit au nouvel ami de son père. Frank s'approcha du garçon dans sa chambre et lui dit : « Merci, mon pote.

— Je m'appelle Thomas, répondit le garçon.

— Bon, d'accord, Thomas. J'entends dire que tu es bon en maths.

— Je suis bon en tout.

— Comme quoi ?

— Instruction civique, géographie, anglais. » Sa voix traînait comme s'il avait pu citer bien d'autres matières dans lesquelles il était bon.

« Tu iras loin, fiston.

— Et profond. »

Frank rit de l'impudence de cet enfant de onze ans. « Tu fais quel sport ? » lui demanda-t-il, pensant que le garçon avait peut-être besoin d'un peu d'humilité. Mais Thomas lui lança un regard si froid que Frank se trouva embarrassé. « Je veux dire...

— Je sais ce que vous voulez dire », répondit-il et, comme contrepoint ou idée surgie après coup, il toisa Frank et lui lança : « Vous ne devriez pas boire.

— Bien vu. »

S'ensuivit un bref silence pendant que Thomas disposait sur le dessus d'un oreiller une couverture pliée et calait le tout sous son bras mort. À la porte de la chambre, il se tourna vers Frank.

« Est-ce que vous étiez à la guerre ?

— J'y étais.

— Avez-vous tué quelqu'un ?

— Obligé.

— Comment vous êtes-vous senti ?

— Mal. Franchement mal.

— C'est bien. Que ça vous ait fait vous sentir mal. Je suis content.

— Comment ça ?

— Cela signifie que vous n'êtes pas un menteur.

— Tu es profond, Thomas, dit Frank en souriant. Quel métier tu veux faire quand tu seras grand ? »

De la main gauche, Thomas tourna la poignée et ouvrit la porte. « Homme », répondit-il, puis il sortit.

Tout en s'installant dans une obscurité aux contours définis par la bordure des stores, qu'illuminait le clair de lune, Frank espérait que cette sobriété fragile, jusqu'alors préservée sans Lily, ne l'exposerait pas aux mêmes rêves. Mais c'était toujours la nuit que se montrait la chimère, jamais elle ne faisait retentir son pas en plein jour. La gorgée de scotch dans le train, deux bières quelques heures plus tard – il n'avait eu aucun problème pour se limiter. Le sommeil vint assez vite, accompagné d'une seule image, celle de pieds terminés par des doigts – ou étaient-ce des mains terminées par des orteils ? Mais après quelques heures de sommeil sans songes, il se réveilla et entendit un déclic évoquant la pression sur la détente d'un pistolet non chargé. Frank se redressa. Rien ne bougea. Il aperçut alors la silhouette du petit homme, celui du train, le chapeau à large bord qu'il ne pouvait pas ne pas reconnaître dans le cadre lumineux du store. Frank tendit la main pour allumer la lampe de chevet. Sa lueur révéla le même petit homme en costume zazou bleu pâle.

« Hé ! Vous êtes qui, bon sang ? Qu'est-ce que vous voulez ? » Frank sortit du lit et s'avança vers la silhouette. Quand il eut fait trois pas, l'homme en costume zazou disparut.

Frank retourna au lit en se disant que ce rêve vivant en particulier n'était pas si mauvais, comparé à d'autres qu'il avait faits. Pas de chiens ni d'oiseaux en train de manger ce qui restait de ses camarades, comme l'hallucination qu'il avait eue un jour où il était assis sur un banc de la roseraie du jardin municipal. Ce rêve-ci était comique, dans un sens. Il avait entendu parler de ces costumes, mais n'avait jamais vu quiconque en porter. S'ils étaient les signaux de la virilité, il aurait préféré un pagne et de la peinture blanche habilement étalée sur le front et les joues. Une lance à la main, bien sûr. Mais les amateurs de costumes zazous avaient choisi un autre déguisement : épaules larges, chapeaux à large bord, chaînes de montre, pantalons qui bouffaient à partir d'étroits revers jusqu'au torse, plus haut que la taille. Cette mode avait été une prise de position vestimentaire suffisante pour intéresser les flics chargés des émeutes d'un bout à l'autre du pays.

Merde ! Il ne voulait pas d'un fantôme surgi d'un nouveau rêve pour lui tenir compagnie. À moins que ce ne soit un signe essayant de lui révéler quelque chose. S'agissait-il de sa sœur ? La lettre disait : « Elle mourra. » Ce qui signifiait qu'elle était en vie mais malade, très malade, et qu'il n'y avait manifestement personne pour l'aider. Si Sarah, l'auteur de la lettre, ne pouvait pas l'aider et son patron non plus, eh bien, elle devait être en train de dépérir loin de chez elle. Les parents, morts ; l'un d'une maladie pulmonaire, l'autre d'une attaque. Il pouvait faire une croix sur Salem et Lenore, les grands-parents. Aucun des deux n'était en mesure de voyager, à supposer qu'ils aient même eu envie de savoir. C'était peut-être la raison pour laquelle aucune balle de fabrication russe ne lui avait arraché la tête alors que tous ceux dont il était proche avaient péri là-bas. Sa vie avait peut-être été préservée pour Cee, ce qui n'était que justice puisqu'elle avait été le tout premier objet de ses soins – abnégation sans contrepartie ni bénéfice affectif. Avant même qu'elle ne sache mettre un pied devant l'autre, il s'était occupé d'elle. Le premier mot qu'elle avait prononcé était « Fwank ». Deux de ses dents de lait étaient rangées dans la boîte d'allumettes de la cuisine, ainsi que les billes porte-bonheur de Frank et la montre cassée qu'ils avaient trouvée au bord de la rivière. Cee n'avait souffert de bleu ni d'égratignure qu'il n'eût soignés. La seule chose qu'il n'avait pu faire pour elle, c'était d'effacer de son regard la douleur, ou était-ce la panique, lorsqu'il s'était engagé. Il avait tenté de lui dire que l'armée était la seule solution. Lotus l'étouffait, le tuait, lui et ses deux meilleurs amis. Tous étaient de son avis. Frank s'était assuré que tout irait bien pour Cee.

Mais non.

Comme Arlene dormait encore, Billy prépara le petit déjeuner pour tous les trois.

« À quelle heure se termine son service ? »

Billy versa de la pâte à crêpes dans une poêle brûlante. « Elle est sur le créneau de onze à sept. Elle ne va pas tarder à se lever, mais je ne la verrai pas avant ce soir.

— Comment ça se fait ? » Frank était curieux. Les règles et compromis établis par les familles normales exerçaient une fascination qui n'atteignait pas le degré de l'envie.

« Après avoir accompagné Thomas à l'école, je vais être en retard pour faire la queue à l'agence parce que toi et moi, on va faire des courses. À cette heure-là, les meilleurs boulots à la journée auront déjà été pris. Je verrai ce que je peux obtenir dans ce qui reste. Mais d'abord les courses. T'as l'air d'un…

— Ne le dis pas. »

Il n'eut pas à le dire. Et la vendeuse de la friperie Goodwill non plus. Elle les conduisit jusqu'à une table couverte de vêtements pliés et leur indiqua d'un signe de tête une tringle à laquelle étaient suspendus des manteaux et des vestes. Le choix fut rapide. Tous les articles étaient propres, repassés et rangés par taille. Même l'odeur corporelle de leur ancien propriétaire était peu perceptible. Le magasin comprenait une cabine d'essayage dans laquelle un clochard ou un respectable père de famille pouvait se changer et jeter ses vêtements usés dans une poubelle. Une fois habillé convenablement, Frank se sentit assez de fierté pour sortir sa médaille de son pantalon militaire et l'épingler à sa poche de poitrine.

« Parfait, dit Billy. Maintenant, des chaussures pour adulte. Thom McAn, ou bien tu veux des Florsheim ?

— Ni l'un ni l'autre. J'vais pas au bal. Des chaussures de travail.

— Compris. T'as assez d'argent ?

— Ouais. »

C'est aussi ce qu'auraient pensé les policiers, mais lors de la fouille réalisée devant le magasin de chaussures, ils ne palpèrent que les poches, et non l'intérieur des bottes de travail. Des deux autres hommes qui faisaient face au mur, l'un se vit confisquer son couteau à cran d'arrêt et l'autre, un billet d'un dollar. Tous les quatre reposaient les mains sur le capot de la voiture de police garée le long du trottoir. Le plus jeune des deux policiers remarqua la médaille de Frank.

« Corée ?

— Oui, monsieur.

— Hé, Dick. C'est des anciens combattants.

— Ah ouais ?

— Ouais. Regarde, dit le policier en désignant la médaille de Frank.

— Circulez. Dégage, vieux. »

L'incident avec les policiers se passant de commentaires, Frank et Billy s'éloignèrent en silence. Puis ils firent halte devant l'étal d'un marchand ambulant afin d'acheter un portefeuille.

« T'es en costard, maintenant. Tu peux pas mettre la main dans ta chaussure comme un gosse à chaque fois que t'as envie d'un paquet de chewing-gum », dit Billy en lui donnant un coup de poing dans le bras.

« Combien ? demanda Billy qui examinait les portefeuilles exposés.

— Vingt-cinq *cents*.

— Quoi ? Une miche de pain n'en coûte que quinze.

— Et alors ? dit le vendeur en fixant son client. Les portefeuilles durent plus longtemps. Tu prends ou tu laisses ? »

Cet achat terminé, Billy accompagna Frank durant tout le trajet jusque chez Booker, où ils s'appuyèrent contre la vitrine, se serrèrent la main, promirent de se rendre visite et se séparèrent.

Frank prit un café et flirta avec la serveuse originaire de Macon, jusqu'à ce que vienne l'heure de monter dans le train en direction du Sud, qui l'emmènerait retrouver la Géorgie, Cee et quoi d'autre encore.

3

Maman était enceinte quand on est partis à pied du comté de Bandera, Texas. Trois familles, ou peut-être quatre, avaient des camions ou des voitures et chargeaient tout ce qu'elles pouvaient. Mais souvenez-vous, personne ne pouvait charger sa terre, ses récoltes, son bétail. Quelqu'un va-t-il nourrir les cochons ou les laisser finir à l'état sauvage ? Et cette parcelle derrière la remise ? Elle a besoin d'être labourée au cas où il pleuvrait. La plupart des familles, comme la mienne, ont marché pendant des kilomètres jusqu'à ce que M. Gardener revienne chercher encore quelques-uns d'entre nous après avoir déposé sa propre famille à la frontière de l'État. Il nous a fallu échanger des biens contre de la vitesse en abandonnant notre brouette pleines d'affaires pour s'entasser dans sa voiture. Maman a pleuré, mais le bébé qu'elle portait comptait plus que les bouilloires, les bocaux de conserve et la literie. Elle s'est contentée d'un panier de vêtements qu'elle tenait sur ses genoux. Papa transportait quelques outils dans un sac et les rênes de Stella, notre cheval qu'on ne reverrait jamais. Après que M. Gardener nous a emmenés aussi loin que possible, on a continué à pied. La semelle de ma chaussure claquait, jusqu'à ce que Papa l'attache avec son lacet. Par deux fois, des conducteurs de fardier nous ont laissés voyager sur le plateau de leur véhicule. Un peu qu'on était fatigués. Un peu qu'on avait faim. J'ai mangé des ordures en prison, en Corée, dans les hôpitaux, à table et dans certaines poubelles. Pourtant, rien n'est comparable aux restes du secours paroissial. Écrivez là-dessus, qu'est-ce qui vous retient ? Je me rappelle avoir fait la queue devant l'église du Rédempteur en attendant une assiette en fer-blanc pleine de fromage sec et dur sur lequel on voyait déjà comme des pieds de cochon marinés verdâtres, dont le vinaigre imbibait des biscuits rances.

C'est là que Maman a entendu la femme devant elle expliquer à la volontaire comment écrire et prononcer son nom. Maman a dit que c'était le mot le plus doux, que ce nom résonnait comme une musique au milieu des disputes et de l'échauffement de la foule. Des semaines plus tard, quand il s'est avéré que son bébé, mis au monde sur un matelas dans le sous-sol de l'église du révérend Bailey, était une fille, Maman l'a appelé Ycidra, en prenant bien soin de prononcer chacune des trois syllabes. Évidemment, elle a attendu les neuf jours avant de lui donner son nom, de peur que la mort ne repère une vie toute fraîche et ne la dévore. Tout le monde sauf Maman l'appelle « Cee ». Moi, j'ai toujours trouvé ça joli, la façon dont elle avait pensé à ce nom, l'avait chéri. Quant à moi, pas de souvenirs de ce genre. Je m'appelle Frank en souvenir du frère de mon père. Le nom de mon père, c'est Luther et celui de ma mère, Ida. Ce qu'il y a d'insensé, c'est notre nom de famille. Money. L'argent. Qu'on n'avait pas.

Vous ne savez pas ce que c'est que la chaleur tant

que vous n'avez pas traversé la frontière entre le Texas et la Louisiane l'été. Vous ne pouvez pas trouver de mots pour la capturer.

Les arbres renoncent. Les tortues cuisent sous leur carapace. Décrivez-moi ça si vous savez comment.

4

Une grand-mère méchante est l'une des pires choses qu'une fillette puisse avoir. Les mères sont censées vous donner la fessée et vous commander pour que vous grandissiez en sachant distinguer le bien du mal. Les grand-mères, même quand elles ont été dures avec leurs propres enfants, sont indulgentes et généreuses envers leurs petits-enfants. Pas vrai ?

Cee se leva de la baignoire en zinc et fit quelques pas dégoulinants jusqu'à l'évier. Elle remplit un seau au robinet, le versa dans le bain en train de tiédir et se rassit dans l'eau. Elle voulait s'attarder dans de l'eau fraîche, tandis que la lumière d'un après-midi souffrant tout doucement encourageait une avalanche de pensées. Regrets, excuses, droiture, mémoire trompeuse et projets d'avenir se mélangeaient ou se dressaient comme une rangée de soldats. Eh bien, voilà comment elles devraient être, les grand-mères, songea-t-elle, mais pour la petite Ycidra Money, il en allait tout autrement. Étant donné que sa mère et son père travaillaient avant même l'aurore et jusqu'au crépuscule, ils ne surent jamais que Mlle Lenore versait de l'eau et non du lait sur les céréales que Cee et son frère prenaient au petit déjeuner. Ni que, quand ils avaient des zébrures ou des marques sur les jambes, il leur était conseillé de mentir, de dire qu'ils se les étaient faites en jouant dehors près de la rivière, là où poussaient des ronces et des buissons de myrtilles. Même Salem, leur grand-père, se taisait. D'après Frank, c'était parce qu'il craignait que Mlle Lenore ne le quitte comme ses deux premières femmes. Lenore, qui avait touché une assurance-vie de cinq cents dollars à la mort de son premier mari, représentait un bon parti pour un vieil homme incapable de travailler. En outre, elle avait une Ford et était propriétaire de sa maison. Lenore était si précieuse aux yeux de Salem Money qu'il ne disait mot quand le porc salé était coupé en deux pour elle et lui, et que les enfants n'en avaient que le fumet. Eh oui, les grands-parents leur avaient rendu un fier service en laissant certains proches sans domicile vivre dans leur maison après que la famille avait été chassée du Texas. Lenore considérait comme un très mauvais signe pour l'avenir de Cee le fait qu'elle soit née sur la route. Les femmes convenables, disait-elle, accouchaient à la maison, dans un lit entouré de bonnes chrétiennes qui savaient quoi faire. Même si seules les femmes des rues, les prostituées, allaient à l'hôpital quand elles tombaient enceintes, elles avaient au moins un toit au-dessus de leur tête quand leur bébé arrivait. Naître dans la rue – ou le ruisseau, comme elle avait coutume de le dire – constituait le prélude à une vie de péché qui ne valait rien.

La maison de Lenore était assez grande pour deux, peut-être trois, mais non pour les grands-parents plus Papa, Maman, l'oncle Frank et deux enfants – dont un bébé qui hurlait. Au fil des années, la gêne causée par cette maisonnée trop nombreuse s'accrut et Lenore, qui se croyait supérieure à tous les autres habitants de Lotus, choisit de concentrer sa rancune sur la petite fille née « dans la rue ». Un froncement de sourcils plissait son moindre regard lorsque entrait la fillette ; ses lèvres se crispaient à chaque petite cuiller qui tombait, à chaque faux pas sur le seuil, quand une tresse se défaisait. Surtout, il y avait le murmure « enfant du ruisseau », tandis qu'elle s'éloignait du spectacle de quelque travers dont la petite-fille de Salem faisait toujours étalage. Durant ces années, Cee et ses parents dormaient par terre sur une paillasse à peine plus confortable que les lattes de pin en dessous. L'oncle Frank, lui, utilisait deux chaises mises côte à côte ; le jeune Frank dormait sur la galerie à l'arrière de la maison, même par temps de pluie, sur une balançoire en bois dont le siège penchait. Luther et Ida, les parents de Cee, avaient chacun deux métiers : Ida ramassait le coton ou travaillait à d'autres récoltes dans la journée, et balayait les baraques le soir. Luther et l'oncle Frank, ouvriers agricoles au service de deux planteurs de Jeffrey, non loin, étaient très heureux d'occuper les emplois que d'autres hommes avaient abandonnés. La plupart des jeunes gens s'étaient engagés dans le conflit ; une fois démobilisés, ils ne revinrent pas travailler dans le coton, les arachides ou le bois de construction. Puis l'oncle Frank s'engagea lui aussi. Il partit dans la marine comme cuistot et était content parce qu'il n'avait pas à manipuler d'explosifs. Mais toujours est-il que son navire sombra ; Mlle Lenore accrocha la médaille d'honneur à la fenêtre comme si elle-même, et non l'une des anciennes épouses de

Salem, était cette mère honorable et patriote qui avait perdu un fils. Le travail d'Ida au dépôt de bois lui causa un asthme mortel, mais s'avéra payant car, au terme de ces trois années passées chez Lenore, les proches de Salem purent louer un logement à Old Man Shepherd, qui venait de Jeffrey en voiture tous les samedis afin de percevoir le loyer.

Cee se rappelait le soulagement et la fierté que leur procurait à tous le fait de posséder leur propre jardin et leurs propres poules pondeuses. Les Money avaient suffisamment d'argent pour se sentir chez soi dans ce lieu où les voisins pouvaient, au bout du compte, offrir non pas de la pitié mais de l'amitié. À l'exception de Lenore, tout le monde dans le voisinage était sévère mais prompt à la générosité. Si quelqu'un avait des poivrons ou des choux frisés en abondance, il insistait pour qu'Ida les prenne. Il y avait des gombos, des poissons fraîchement pêchés dans la rivière, un boisseau de maïs, toutes sortes d'aliments qui ne devaient pas se perdre. Une femme envoya son mari consolider les marches de leur galerie, qui penchaient. Ils étaient généreux envers les étrangers. Quelqu'un de l'extérieur qui passait par Lotus était accueilli – même, ou surtout, s'il fuyait la justice. Comme cet homme, effrayé et en sang, celui qu'ils avaient lavé, nourri et fait repartir à dos de mule. Les Money trouvaient agréable d'avoir leur propre maison où ils pouvaient laisser M. Haywood les inscrire tous les mois sur sa liste de gens qui avaient besoin de provisions à l'épicerie de Jeffrey. Parfois, il rapportait gratuitement des bandes dessinées, du chewing-gum et des bonbons à la menthe pour les enfants. Jeffrey avait des trottoirs, l'eau courante, des magasins, un bureau de poste, une banque et une école. Lotus était à part, sans trottoirs ni canalisations intérieures, juste une cinquantaine de maisons et deux églises, dont une utilisée par certaines fidèles pour enseigner à lire et à compter. Cee pensait que ç'aurait été mieux s'il y avait eu plus de livres à lire – pas seulement les *Fables d'Ésope* et un recueil d'extraits de la Bible à l'usage des jeunes – et beaucoup, beaucoup mieux si elle avait été autorisée à aller en classe à Jeffrey.

Telle était, selon Cee, la raison pour laquelle elle s'était enfuie avec un salaud. Si elle n'avait pas été à ce point ignorante, à vivre dans un trou perdu qui n'était même pas une ville, avec seulement des corvées ménagères, une église pour école et rien d'autre à faire, elle ne se serait pas laissé avoir. Surveillée, surveillée, surveillée par toutes les grandes personnes du lever au coucher du soleil, et à recevoir des ordres non seulement de Lenore, mais de tous les adultes du coin. Viens ici, petite, personne ne t'a appris à coudre ? Si, m'dame. Alors pourquoi est-ce que ton ourlet pend comme ça ? Oui, m'dame. Je veux dire non, m'dame. C'est du rouge à lèvres que t'as sur la bouche ? Non, m'dame. Alors c'est quoi ? Des cerises, m'dame, je veux dire des mûres. J'en ai mangé. Des cerises, mon œil. Essuie-toi la bouche. Descends de cet arbre, tu m'entends ? Noue tes lacets pose cette poupée de chiffon et prends un balai décroise les jambes va désherber ce jardin tiens-toi droite pas d'insolence veux-tu. Quand Cee et quelques autres filles eurent quatorze ans et commencèrent à parler des garçons, elle fut empêchée de vraiment pouvoir flirter à cause de Frank, son grand frère. Les garçons savaient qu'elle était inaccessible à cause de lui. Voilà pourquoi quand Frank et ses deux meilleurs amis s'enrôlèrent et quittèrent Lotus, elle tomba amoureuse de ce que Lenore appela la première créature qu'elle ait vu porter un pantalon avec ceinture au lieu d'une salopette.

Il se nommait Principal, mais se faisait appeler Prince. Venu d'Atlanta rendre visite à sa tante, c'était une nouvelle et bien jolie tête ; il portait des chaussures luisantes à fine semelle. Toutes les filles étaient impressionnées par son accent de citadin et ce qu'elles croyaient être son savoir et sa grande expérience. Cee, surtout.

À présent, tout en s'aspergeant les épaules, elle se demanda pour la énième fois pourquoi elle n'avait pas au moins interrogé la tante qu'il venait voir sur les raisons pour lesquelles il avait été expédié dans un trou perdu, au lieu de passer l'hiver dans la grande ville pleine de tentations. Mais comme elle se sentait à la dérive dans l'espace où s'était jadis trouvé son frère, elle était sans défense. C'est l'inconvénient, se dit-elle, d'avoir à proximité un frère malin et aguerri pour s'occuper de vous et vous protéger : vous êtes lente à développer votre cervelle. De plus, Prince était si profondément, si totalement épris de soi-même qu'il était impossible de mettre en doute sa sincérité. Donc si Prince disait qu'elle était jolie, elle le croyait. S'il disait qu'à quatorze ans elle était une femme, elle croyait ça également. Et s'il disait : je te veux pour moi tout seul, c'était Lenore qui répondait : « Pas avant que vous ayez tous les deux l'âge légal. » Quoi qu'ait voulu dire l'âge légal. Ycidra n'avait même pas d'acte de naissance et le tribunal était à plus de cent cinquante kilomètres. Ils firent donc venir le révérend Alsop, qui les bénit et inscrivit leur nom dans un grand registre, avant de s'en retourner à pied chez les parents de Cee. Comme Frank s'était engagé dans l'armée, ce fut dans son lit qu'ils se couchèrent et qu'eut lieu la grande chose au sujet de laquelle les gens pouffaient ou mettaient en garde. Ce ne fut pas tant douloureux qu'ennuyeux. Cee pensa que cela irait mieux par la suite. Mieux s'avéra tout simplement plus et, tandis que la quantité augmentait, le plaisir de la chose résidait dans sa brièveté.

Comme il n'y avait à Lotus ou alentour aucun travail que Prince se serait permis d'accepter, il emmena Cee à Atlanta. Elle se réjouissait à la perspective d'une vie éblouissante dans cette ville où – au bout de quelques semaines passées à lorgner de l'eau qui coulait dès qu'on tournait un robinet, des toilettes intérieures sans mouches, des réverbères qui brillaient plus longtemps que le soleil et aussi ravissants que des lucioles, des femmes en talons hauts et chapeaux superbes qui trottinaient jusqu'à l'église deux, voire trois fois par jour ; après la joie mêlée de gratitude et le ravissement ahuri causés par la jolie robe que Prince lui avait achetée – elle apprit que Principal l'avait épousée pour une automobile.

Lenore avait acheté un vieux break à Shepherd, celui qui louait des logements, et puisque Salem ne conduisait pas, Lenore avait donné sa vieille Ford à Luther et Ida – avec pour consigne de la rendre si le break tombait en panne. À deux ou trois reprises, Luther laissa Prince faire des courses au volant de la Ford : des trajets jusqu'à la poste de Jeffrey pour s'occuper du courrier en provenance ou à destination de l'endroit où Frank était stationné, d'abord le Kentucky, puis la Corée. Un jour, il s'en servit afin d'aller en ville chercher un médicament pour la gorge quand les problèmes respiratoires d'Ida empirèrent. Que Prince ait eu facilement accès à la Ford arrangeait tout le monde, parce qu'il lavait la poussière de la route, dont elle était éternellement saupoudrée, qu'il changeait les bougies, l'huile, et n'emmenait jamais les garçons qui le suppliaient de les laisser monter avec lui. Luther trouvait naturel de consentir à ce que les jeunes mariés prennent la voiture pour se rendre à Atlanta, puisqu'ils avaient promis de la ramener quelques semaines plus tard.

Ce qui n'eut jamais lieu.

Désormais seule, assise dans une baignoire en zinc, un dimanche, elle défiait à force d'eau fraîche la chaleur de ce qu'était le printemps en Géorgie, tandis que Prince se promenait en voiture, sa chaussure à fine semelle appuyant sur l'accélérateur, en Californie ou à New York, pour ce qu'elle en savait. Quand Prince l'avait abandonnée à ses propres moyens, Cee avait loué une chambre moins chère dans une rue paisible, une chambre avec accès à la cuisine et usage d'une baignoire. Thelma, qui habitait un grand appartement à l'étage, était devenue une amie et l'avait aidée à trouver un travail de plongeuse chez Bobby Rib's House, tout en scellant leur amitié par des conseils sans détours.

« Pas pire sot qu'un sot de la campagne. Pourquoi tu ne retournes pas dans ta famille ?

— Sans la voiture ? » Mon Dieu, se dit Cee. Lenore avait déjà menacé de la faire arrêter. Quand Ida était morte, Cee s'était rendue aux funérailles en voiture : Bobby avait laissé son aide-cuisinier la conduire. Aussi lamentable que fût l'enterrement – cercueil en pin de fabrication maison, pas de fleurs à l'exception des deux branches de chèvrefeuille qu'elle avait cueillies en hâte –, rien n'avait été plus vexant que les accusations injurieuses de Lenore. Voleuse, idiote, traînée ; elle devrait appeler le shérif. Une fois revenue en ville, Cee avait juré de ne jamais remettre les pieds là-bas. Promesse tenue, même quand son père était mort d'une attaque, un mois plus tard.

Ycidra s'accordait avec Thelma quant à sa sottise, mais par-dessus tout elle voulait désespérément parler à son frère. Les lettres qu'elle lui écrivait relataient le temps qu'il faisait et les bruits circulant à Lotus. Déviaient. Mais elle savait que si elle pouvait le voir, lui dire, il ne se moquerait pas d'elle, ne la gronderait ni ne la blâmerait. Il la protégerait, comme toujours, d'une situation dangereuse. Comme la fois où Mike, Stuff, d'autres garçons et lui jouaient au *softball*[1] dans un champ. Cee était assise non loin, appuyée contre un noyer cendré. Le jeu des garçons l'ennuyait. Elle ne lançait que par intermittence un coup d'œil aux joueurs, tant elle était absorbée par le vernis rouge cerise qu'elle écaillait sur ses ongles, espérant l'ôter entièrement avant que Lenore ne puisse la réprimander pour « étalage » de sa petite personne dévergondée. Elle leva les yeux et s'aperçut, uniquement parce que les autres hurlaient, que Frank quittait le ter-

---

1. Variante du baseball, conçue pour se jouer sur un terrain moins vaste et avec une balle plus grosse.

rain en emportant sa batte. « Où est-ce que tu vas, vieux ? » « Hé, ho, tu pars ? » Il s'éloigna lentement du champ et disparut parmi les arbres alentour. En suivant un cercle, apprit-elle plus tard. Soudain, il était derrière l'arbre contre lequel elle s'appuyait ; il balança sa batte à deux reprises dans les jambes d'un homme dont elle n'avait pas même remarqué la présence derrière elle. Mike et les autres accoururent pour voir ce qu'elle n'avait pas vu. Puis tous déguerpirent, Frank la traînant par le bras – sans se retourner. Elle avait des questions : « Qu'est-ce qui s'est passé ? C'était qui ? » Les garçons ne répondaient pas. Ils se contentaient de grommeler des jurons. Quelques heures plus tard, Frank expliqua. L'homme n'était pas de Lotus, lui dit-il, et il restait derrière l'arbre en faisant de l'exhibitionnisme. Quand elle pressa son frère de définir « exhibitionnisme » et qu'il le fit, Cee se mit à trembler. Frank posa une main sur son crâne et l'autre sur sa nuque. Ses doigts, tel un baume, firent cesser les tremblements et le frisson qui les accompagnait. Elle suivait toujours les conseils de Frank : elle reconnaissait les baies vénéneuses, criait quand elle était sur un territoire de serpents, apprenait l'usage médicinal des toiles d'araignées. Les consignes de Frank étaient précises ; ses avertissements, limpides.

Mais il ne l'avait jamais mise en garde contre les salauds.

Quatre hirondelles rustiques se rassemblèrent dehors sur la pelouse. À équidistance courtoise les unes des autres, elles fouillèrent du bec parmi des brins d'herbe qui s'étiolaient. Puis, comme sur ordre, elles s'envolèrent toutes les quatre jusqu'à un pacanier. Enveloppée dans sa serviette, Cee alla à la fenêtre et releva la vitre jusque sous l'endroit où la moustiquaire était déchirée. Le silence sembla glisser, puis exploser ; son poids, plus théâtral que le bruit. On aurait dit le silence qui régnait l'après-midi et en début de soirée dans la maison de Lotus, tandis que son frère et elle imaginaient ce qu'ils allaient faire ou ce dont ils allaient parler. Leurs parents travaillaient seize heures par jour et n'étaient quasiment jamais là. Ils s'inventaient donc des escapades ou exploraient le territoire environnant. Souvent, ils restaient assis au bord de la rivière, appuyés contre un laurier ravagé par la foudre et dont la cime avait brûlé, ce qui ne lui laissait plus que deux branches énormes, à la base, qui s'étiraient comme des bras. Même lorsque Frank était avec ses amis Mike et Stuff, il laissait Cee venir avec eux. Tous les quatre étaient très unis, comme devrait l'être une famille. Elle se rappelait combien les visites à l'improviste chez ses grands-parents étaient inopportunes, à moins que Lenore n'eût besoin d'eux pour les corvées ménagères. Salem était bien terne, puisqu'il restait muet sur tout à l'exception de ses repas. Sa seule passion, hormis la nourriture, consistait à jouer aux échecs ou aux cartes en compagnie d'autres vieillards. Quant aux parents, ils étaient tellement épuisés à l'heure où ils rentraient du travail que tout témoignage d'affection était comme un rasoir : coupant, mince et bref. Lenore était la méchante sorcière. Frank et Cee, tels des Hansel et Gretel oubliés, se tenaient fermement par la main et naviguaient à travers ce silence en tentant de s'imaginer un avenir.

Debout à la fenêtre, enveloppée dans la serviette

rugueuse, Cee sentit son cœur se briser. Si Frank était là, il toucherait une fois de plus le sommet de son crâne avec quatre doigts ou bien, de son pouce, lui caresserait la nuque. Ne pleure pas, disaient les doigts ; les marques vont disparaître. Ne pleure pas ; Maman est fatiguée, elle n'a pas fait exprès. Ne pleure pas, ne pleure pas, petite, je suis là. Mais il n'était pas là, ni nulle part alentour. Sur la photo qu'il avait envoyée à la maison – guerrier souriant en uniforme, un fusil à la main –, on aurait dit qu'il avait sa place ailleurs, dans un lieu différent et au-delà de la Géorgie. Quelques mois après sa démobilisation, il avait envoyé une carte postale à deux *cents* pour dire où il habitait. Cee avait répondu :

« Salut frangin comment vas-tu moi ça va. Je viens de me trouver un boulot correct dans un restaurant mais j'en cherche un meilleur. Réponds quand tu pourras Salutations Ta sœur. »

Debout à présent, elle était seule ; son corps, éliminant déjà tout le bénéfice du long moment passé dans la baignoire, se mit à transpirer. Elle tamponna avec sa serviette l'humidité sous ses seins, puis essuya de la sueur sur son front. Elle releva la vitre bien au-dessus de la déchirure dans la moustiquaire. Les hirondelles étaient revenues, apportant avec elles une légère brise et l'odeur de la sauge qui poussait au bord du jardin. Cee regardait en songeant : voilà donc ce qu'ils veulent dire dans ces chansons douces et tristes. « Quand j'ai perdu mon bébé, j'ai failli perdre la tête... » Sauf que ces chansons parlaient d'amour perdu. Ce qu'elle éprouvait était bien plus vaste. Elle était brisée. Non pas démolie mais morcelée, décomposée en ses différentes parties.

Une fois rafraîchie, pour finir, elle décrocha la robe que Principal lui avait achetée le deuxième jour qu'ils étaient à Atlanta – non par générosité, apprit-elle, mais parce qu'il avait honte de ses habits de campagnarde. Il prétendait ne pas pouvoir l'emmener dîner ou à une soirée, ni voir sa famille, dans la robe affreuse qu'elle avait sur le dos. Pourtant, après lui avoir acheté cette nouvelle robe, il fournissait prétexte sur prétexte afin d'expliquer pourquoi ils passaient l'essentiel de leur temps à ne faire que se promener en voiture, et mangeaient même dans la Ford, sans jamais rencontrer aucun de ses amis ni membre de sa famille.

« Où est ta tante ? On ne devrait pas aller la voir ?

— Non. Elle m'aime pas et je l'aime pas non plus.

— Mais, sans ta tante, on ne se serait jamais connus.

— Ouais. Exact. »

Néanmoins, même si personne ne le voyait, le toucher soyeux de la rayonne lui plaisait encore, tout comme la profusion de dahlias bleus sur fond blanc. Elle n'avait jamais vu auparavant de robe imprimée à fleurs. Une fois habillée, elle traîna la baignoire à travers la cuisine et la sortit par la porte de derrière. Lentement, soigneusement, elle répartit l'eau du bain sur l'herbe qui s'étiolait, une moitié de seau ici, un petit peu plus par là, en veillant à se mouiller les pieds mais non la robe.

Des moucherons bourdonnaient au-dessus d'un bol de raisin noir posé sur la table de la cuisine. Cee les chassa d'un geste, rinça les fruits et s'assit pour les mastiquer tout en réfléchissant à sa situation : demain, c'était lundi ; elle avait quatre dollars ;

le loyer dû à la fin de la semaine coûtait deux fois plus. Vendredi prochain, on devait lui payer dix-huit dollars, un peu plus de trois dollars par jour. Donc dix-huit dollars qui rentraient, moins huit qui sortaient, ça lui laissait environ quatorze dollars. Avec cette somme, il faudrait qu'elle s'achète tout ce dont une fille a besoin pour être présentable, garder sa place et progresser dans son travail. Ce qu'elle espérait, c'était passer de plongeuse à cuisinière de plats rapides et peut-être serveuse qui récoltait des pourboires. Elle avait quitté Lotus en laissant tout et, hormis la robe neuve, Prince l'avait quittée en ne lui laissant rien. Il lui fallait du savon, des sous-vêtements, une brosse à dents, du dentifrice, du désodorisant, une autre robe, des chaussures, des bas, une veste, des serviettes hygiéniques, et il lui resterait peut-être assez pour un film à quinze *cents*, en s'asseyant au balcon. Heureusement, chez Bobby, elle pouvait manger deux repas gratis. Solution : travailler plus – un second emploi, ou meilleur.

Pour cela, il fallait qu'elle voie Thelma, sa voisine du dessus. Après avoir timidement frappé, Cee ouvrit la porte et trouva son amie en train de rincer de la vaisselle dans l'évier.

« Je t'ai vue dehors. Tu crois que balancer de l'eau sale, ça va redonner du vert à ce jardin ? demanda Thelma.

— Peut pas faire de mal.

— Si, ça peut, dit Thelma en s'essuyant les mains. C'est le printemps le plus chaud que j'aie jamais vu. Les moustiques vont nous faire leur danse du sang toute la nuit. Tout ce qu'il leur faut, c'est une odeur d'eau.

— Désolée.

— Ça, j'en doute pas. » Thelma tâtonna la poche de son tablier pour trouver un paquet de Camel. Après en avoir allumé une, elle toisa son amie. « C'est une jolie robe. Où est-ce que tu l'as eue ? » Elles passèrent toutes deux au salon et s'assirent lourdement sur le canapé.

« C'est Prince qui me l'a achetée quand on s'est installés ici.

— Prince, grommela Thelma. Tu veux dire Grenouille. Des bons à rien, j'en ai vu à la pelle. Jamais vu personne d'aussi incapable que lui. Est-ce que tu sais même où il est ?

— Non.

— Tu veux le savoir ?

— Non.

— Eh bien, Dieu soit loué.

— J'ai besoin d'un travail, Thelma.

— T'en as un. Ne me dis pas que tu pars de chez Bobby ?

— Non. Mais j'ai besoin de quelque chose de mieux. Qui paye mieux. Je ne reçois pas de pourboires et je dois manger dans le restaurant, que je le veuille ou non.

— La nourriture de Bobby, c'est la meilleure. Nulle part tu peux manger mieux.

— Je sais, mais j'ai besoin d'un vrai travail où je peux économiser. Et puis, non, je ne rentre pas à Lotus.

— On va pas te reprocher ça. Ils sont fous à lier dans ta famille. » Thelma se pencha en arrière et recourba les bords de sa langue pour canaliser la fumée.

Cee détestait la voir faire ce geste, mais dissimula son aversion. « Méchants, peut-être. Pas fous.

— Ah bon ? Ils t'ont bien appelée Ycidra, non ?

— Thelma ? » Cee reposa les coudes sur ses genoux et tourna vers son amie un regard suppliant. « S'il te plaît ? Penses-y.

— D'accord, d'accord. Disons qu'en fait tu pourrais bien avoir de la veine. Il se trouve que j'ai justement entendu parler de quelque chose, ça fait deux ou trois semaines, quand j'étais chez Reba. Tout ce qui vaut la peine d'être su, on peut l'apprendre dans son salon de beauté. Tu savais que la femme du révérend Smith est encore enceinte ? Déjà onze dans les pattes et un autre qui arrive. Je sais bien qu'un pasteur est aussi un homme, mais mon Dieu. La nuit, il devrait prier au lieu de…

— Thelma, je veux dire… Qu'est-ce que tu as entendu sur ce travail ?

— Ah. Seulement qu'un couple de Buckhead – juste à l'extérieur de la ville – Reba a dit qu'ils ont besoin d'un second.

— D'un second quoi ?

— Ils ont une cuisinière-femme de ménage, mais ils veulent un genre de domestique pour assister le mari. Il est médecin. Des gens gentils.

— Tu veux dire comme une infirmière ?

— Non. Une aide. Je ne sais pas. Pansements et iode, j'imagine. Il a son cabinet dans la maison, a dit la dame. Donc tu habiterais sur place. Elle a dit que la paye n'était pas mirobolante, mais que comme le loyer était gratuit, ça faisait toute la différence.

Ce fut une longue marche depuis l'arrêt d'autobus, rendue difficile par les nouvelles chaussures
blanches de Cee, à talons hauts. Sans bas, elle avait
les pieds irrités. Elle portait un cabas débordant du
peu qu'elle possédait et espérait avoir l'air respectable dans ce beau quartier tranquille. À l'adresse du
Dr Scott et de sa femme se trouvait une vaste maison à un étage, dominant une pelouse d'une propreté ecclésiale. Une pancarte sur laquelle figurait un
nom, dont elle n'arrivait pas à prononcer une partie, identifiait son futur employeur. Cee ne savait
pas très bien si elle devait frapper à l'entrée principale ou chercher une porte à l'arrière. Elle opta pour
la seconde solution. Une grande femme corpulente
ouvrit la porte de la cuisine. Elle tendit la main en
souriant pour prendre le cabas de Cee. « Vous devez
être celle à propos de qui Reba a appelé. Entrez
donc. Je m'appelle Sarah. Sarah Williams. L'épouse
du docteur va vous recevoir sous peu.

— Merci, m'dame. Est-ce que je peux d'abord
enlever ces chaussures ? »

Sarah eut un petit rire. « Celui qui a inventé les
talons hauts ne sera content que quand on sera estro-
piées. Assieds-toi. Je vais te donner une limonade
aux plantes bien froide. »

Cee, pieds nus, fut émerveillée par la cuisine
– beaucoup, beaucoup plus grande et mieux équi-
pée que celle de chez Bobby. Plus propre également.
Après quelques gorgées de limonade, elle demanda :
« Est-ce que vous pouvez me dire ce que je dois faire ?

— Mme Scott t'en dira une partie, mais le docteur lui-même est le seul à savoir vraiment. »

Après s'être rafraîchie dans la salle de bains, Cee

remit ses chaussures et suivit Sarah dans un salon qui lui parut plus beau qu'une salle de cinéma. Ventilation, meubles recouverts de velours couleur prune, lumière filtrée par de lourds rideaux de dentelle. Les mains reposant sur un coussin minuscule, chevilles croisées, Mme Scott hocha la tête et, d'un signe de l'index, invita Cee à s'asseoir.

« Cee, c'est bien ça ? » Sa voix ressemblait à de la musique.

« Oui, m'dame.

— Née ici ? À Atlanta ?

— Non, m'dame. Je viens d'un endroit pas très grand à l'ouest d'ici, qui s'appelle Lotus.

— Des enfants ?

— Non, m'dame.

— Mariée ?

— Non, m'dame.

— Quelle appartenance religieuse ? Au cas où ?

— Il y a la Congrégation de Dieu à Lotus, mais moi, je ne…

— Ils font des bonds ?

— Pardon ?

— Peu importe. Tu as ton diplôme d'études secondaires ?

— Non, m'dame.

— Tu sais lire ?

— Oui, m'dame.

— Compter ?

— Oh oui. Une fois, j'ai même travaillé comme caissière.

— Ma mignonne, ce n'est pas ce que je t'ai demandé.

— Je sais compter, m'dame.

— Il se peut que tu n'en aies pas besoin. Je ne

66

comprends pas vraiment le travail de mon mari, ni ne m'y intéresse. Mon mari est plus qu'un médecin : c'est un scientifique qui mène des expériences très importantes. Ses inventions aident les gens. Ce n'est pas le docteur Frankenstein.

— Docteur qui ?

— Peu importe. Surtout, fais ce qu'il dit comme il veut et tout ira bien. Maintenant, file. Sarah va te montrer ta chambre. »

Mme Scott se leva. Sa robe était un genre de peignoir – longue jusqu'au sol, soie blanche et amples manches. Aux yeux de Cee, elle ressemblait tout entière à la reine d'un pays dont la place était dans les films.

De retour à la cuisine, Cee vit que son cabas avait disparu et que Sarah la pressait de manger quelque chose avant de s'installer. Elle ouvrit le réfrigérateur et choisit un bol de salade de pommes de terre, ainsi que deux cuisses de poulet frit.

« Tu veux que je te réchauffe le poulet ?

— Non, m'dame. Je l'aime bien comme ça.

— Je sais que je suis vieille, mais je t'en prie, appelle-moi Sarah.

— Très bien, si vous voulez. » Cee s'étonna de la faim qu'elle éprouvait. Étant d'habitude une petite mangeuse, toute la journée au milieu de la viande rouge brûlante qui grésillait dans la cuisine de Bobby, elle était en général indifférente à la nourriture. À présent, elle se demandait si deux morceaux de poulet pourraient même commencer à calmer son appétit.

— Comment ça s'est passé, ta rencontre avec Mme Scott ? demanda Sarah.

— Bien, répondit Cee. Elle est gentille. Vraiment gentille.

— Oui, oui. C'est facile de travailler pour elle également. Elle a ses horaires, certains besoins, certaines préférences – elle n'en change jamais. Le docteur Beau – c'est comme ça que tout le monde l'appelle – est très distingué.

— Docteur Beau ?

— Son nom complet, c'est Beauregard Scott. »

Ah, se dit Cee, voilà comment on prononce le nom écrit sur la pancarte devant la maison. « Ils ont des enfants ?

— Deux filles. Elles ne sont pas là. Est-ce qu'elle t'a raconté quoi que ce soit sur la nature de ton travail ici ?

— Non. Elle a dit que le docteur le ferait. C'est un scientifique autant qu'un docteur, elle a dit.

— C'est vrai. C'est elle qui a tout l'argent mais lui, il invente des choses. Il dit que, pour beaucoup, il y a matière à brevet.

— Abreuvée ? dit Cee, la bouche pleine de salade de pommes de terre. Comme les bêtes ?

— Non, petite. Brevet, comme une autorisation de fabriquer des choses. De la part du gouvernement.

— Ah. Est-ce qu'il y a encore du poulet, s'il vous plaît ? Il est vraiment bon.

— Bien sûr, ma mignonne, répondit Sarah en souriant. Je vais te faire engraisser en moins de deux si tu restes ici assez longtemps.

— Il y a eu d'autres seconds à travailler ici ?

Est-ce qu'on les a fait partir ? demanda Cee, la mine anxieuse.

— Eh bien, certains sont partis d'eux-mêmes. Je ne me souviens que d'un seul qui ait été renvoyé.

— À cause de quoi ?

— Je n'ai jamais découvert le problème. Moi, il me paraissait très bien. Il était jeune et plus aimable que la plupart. Je sais qu'ils se sont disputés à propos de quelque chose et que le docteur Beau a dit qu'il ne voulait pas de pro-Rouges dans sa maison.

— De Peaux-Rouges ?

— Pro-Rouges, pas Peaux-Rouges. Moi, je n'y comprends rien. Ça doit être quelque chose de terrible, je suppose. Le docteur Beau est un sudiste pur et dur. Son grand-père était un héros reconnu qui a été tué dans une célèbre bataille au Nord. Voici une serviette.

— Merci, dit Cee en s'essuyant les doigts. Ah, je me sens tellement mieux maintenant. Dites, ça fait combien de temps que vous travaillez ici ?

— Depuis que j'ai quinze ans. Je vais te montrer ta chambre. Elle est en bas. Rien d'extraordinaire, mais pour dormir elle en vaut bien une autre. Elle a un matelas fait pour une reine. »

En bas, ce n'était qu'à un mètre sous le perron – une extension peu profonde plutôt qu'un sous-sol à proprement parler. À l'extrémité d'un couloir non éloigné du cabinet du docteur se trouvait la chambre de Cee, sans fenêtre, étroite et impeccable. Au-delà se dressait une porte fermée menant à ce qui était, au dire de Sarah, un abri antiaérien entièrement approvisionné. Elle avait déposé le cabas de Cee par terre. Deux uniformes joliment apprêtés saluèrent depuis leur cintre accroché au mur.

« Attends jusqu'à demain pour en mettre un, dit Sarah en redressant le col parfait de ces habits qu'elle avait confectionnés elle-même.

— Oh, c'est joli. Regardez, un petit bureau ». Cee contempla la tête du lit, puis la toucha en affichant un large sourire. Elle marcha en laissant traîner ses pieds sur la petite carpette étendue par terre. Puis, après avoir jeté un coup d'œil derrière un paravent, où elle découvrit les toilettes et le lavabo, elle se laissa tomber sur le lit et savoura l'épaisseur du matelas. Quand elle rabattit les draps, elle gloussa en regardant le couvre-lit en soie. Et voilà, Lenore, songea-t-elle. Sur quoi tu dors, dans ton lit déglingué ? En se rappelant le fin matelas tout bosselé sur lequel dormait Lenore, elle ne put s'empêcher de rire d'une joie sans réserve.

« Chut, petite. Contente que ça te plaise, mais ne ris pas si fort. C'est mal vu, ici.

— Pourquoi ça ?

— Je te dirai après.

— Non. Maintenant, Sarah, s'il vous plaît !

— Eh bien, tu te rappelles ces filles dont je t'ai dit qu'elles n'étaient pas là ? Elles sont dans un foyer. Elles ont toutes les deux une grosse tête, une tête énorme. Céphalite, je crois que ça s'appelle. C'est triste que ça arrive ne serait-ce qu'à une, mais à deux ? Seigneur, ayez pitié.

— Ah, mon Dieu. Quel malheur », dit Cee, en songeant : j'imagine que c'est pour ça qu'il invente des choses, il veut aider d'autres membres de sa famille.

Le lendemain matin, debout face à son employeur,

Cee le trouva cérémonieux, mais accueillant. Le docteur Beau, petit homme aux nombreux cheveux argentés, était assis bien droit derrière un bureau large et dégagé. La première question qu'il lui posa était de savoir si elle avait des enfants ou si elle avait connu un homme. Cee lui répondit qu'elle avait été mariée un moment, mais qu'elle n'était pas tombée enceinte. Il parut ravi de l'entendre. Ses devoirs, dit-il, consistaient avant tout à nettoyer les instruments et le matériel, faire le ménage et tenir une liste des noms des patients, des heures de rendez-vous et autres. Il faisait lui-même sa comptabilité dans son cabinet, qui était séparé de la salle de consultation-laboratoire.

« Présente-toi ici à dix heures du matin précises, dit-il, et attends-toi à travailler tard si la situation l'exige. En outre, attends-toi aussi à affronter la réalité de la médecine : tantôt du sang, tantôt de la douleur. Il faudra que tu gardes ton calme. Toujours. Si tu y arrives, tout ira très bien. Peux-tu y arriver ?

— Oui, docteur. Je peux. Bien sur que je peux. »

Et c'était vrai. Son admiration pour le docteur s'accrut davantage encore lorsqu'elle remarqua le nombre de pauvres – surtout des femmes ou des jeunes filles – qu'il aidait en plus. Bien davantage que de femmes aisées du quartier ou d'Atlanta à proprement parler. Il était extrêmement attentionné envers ses patientes, pointilleux sur l'observation de leur intimité, sauf quand il invitait un autre médecin à le rejoindre pour travailler sur l'une d'elles. Lorsque toute son aide dévouée restait sans effet et qu'une patiente allait beaucoup plus mal, il l'envoyait en ville dans un hôpital pour les pauvres. Quand une ou deux moururent en dépit de ses soins, il fit un don pour les frais d'enterrement. Cee adorait son travail : la belle maison, le gentil docteur et le salaire – jamais omis ni incomplet comme il l'était parfois chez Bobby. Elle ne voyait jamais Mme Scott. Sarah, qui pourvoyait à tous ses besoins, disait que la maîtresse de maison ne sortait jamais et qu'elle avait un très léger penchant pour le laudanum. L'épouse du docteur passait la majeure partie de son temps à peindre des fleurs à l'aquarelle ou à regarder des programmes télévisés. *Milton Berle* et *The Honeymooners* étaient ses préférés. Elle avait suivi quelque temps *I Love Lucy*, mais détestait trop Ricky Ricardo pour regarder cette série.

Un jour, deux semaines après avoir été embauchée, Cee entra dans le cabinet du docteur Beau une demi-heure avant qu'il n'arrive. Elle était toujours intimidée par les étagères débordant de livres. À présent, elle examinait de près les ouvrages médicaux, tout en passant le doigt sur certains titres : *Hors de la nuit*. Ce doit être un roman policier, se dit-elle. Puis *Le Déclin de la grande race* et, à côté, *Hérédité, race et société*[1].

Elle songea combien son instruction était limitée, inutile, et se promit de trouver le temps de lire sur l'« eugénisme » et de comprendre. Cet endroit était agréable et sûr, elle le savait ; de plus, Sarah était devenue sa famille, son amie et sa confidente. Elles partageaient tous leurs repas, qu'il leur arrivait de préparer ensemble. Quand il faisait trop chaud dans la cuisine, elles mangeaient sous une marquise dans

---

1. Respectivement écrits par H. J. Muller (1935), M. Grant (1916), L. C. Dunn et Th. Dobzhansky (1946).

le jardin à l'arrière de la maison, où elles humaient les derniers lilas et regardaient de minuscules lézards filer à toute allure en travers de l'allée.

« Rentrons, dit Sarah par un après-midi brûlant lors de la première semaine de Cee. Ces mouches sont trop pénibles aujourd'hui. En plus, j'ai des melons d'hiver qu'il faut manger avant qu'ils ne ramollissent.

Dans la cuisine, Sarah prit trois melons dans un grand panier. Elle en caressa un, lentement, puis un autre. « Des mâles », grommela-t-elle.

Cee souleva le troisième, puis caressa sa peau couleur de citron vert et planta son doigt dans le creux minuscule laissé par le pédoncule en se détachant. « Femelle, dit-elle en riant. Celui-ci est une femelle. »

« Eh bien, alléluia ». Sarah se joignit au rire de Cee en pouffant tout bas. « Les plus sucrées, toujours.

— Les plus juteuses, toujours, dit Cee en écho.

— Pas mieux qu'une fille pour la saveur.

— Pas mieux qu'une fille pour la douceur. »

Sarah sortit d'un tiroir un long couteau pointu et, se réjouissant infiniment du plaisir à venir, coupa la fille en deux.

5

Les femmes meurent d'envie de me parler quand elles entendent mon nom de famille. Money ? Elles ricanent et me posent les mêmes questions : qui m'a donné ce nom-là ou si c'est quelqu'un qui me l'a donné. Si c'est moi qui l'ai inventé pour avoir le sentiment d'être important ou bien si j'étais un joueur, un voleur ou un autre genre d'escroc dont elles devaient se méfier ? Quand je leur dis mon surnom, comment les gens m'appellent chez moi, Smart Money, l'argent malin, elles hurlent de rire en disant : Mais l'argent idiot, ça n'existe pas, seulement des gens idiots. T'en as encore ? Faut que t'aies le mien. La causette à n'en plus finir, après ça, et ça suffit à entretenir une amitié bien longtemps une fois qu'on n'a plus rien à se dire, comme ça, elles peuvent faire des blagues foireuses : Hé, Smart Money, tu m'en donnes. Par ici le Money. J'ai un marché que tu vas adorer.

Honnêtement, à part celles que j'ai réussi à me faire à Lotus et quelques filles des rues dans le Kentucky, je n'ai eu que deux régulières. J'aimais bien la petite chose fragile à l'intérieur de chacune d'elles. Quelles qu'aient été leur personnalité, leur intelligence ou leur allure, chacune avait en elle quelque chose de moelleux. Comme un bréchet, cet os formé et choisi pour qu'on fasse un vœu[1]. Un petit V, plus fin que de l'os et pas solidement accroché, que je pouvais briser avec mon index si je voulais, mais non, jamais. Jamais voulu, je veux dire. Savoir qu'il était là, à se cacher de moi, ça me suffisait.

C'est la troisième femme qui a tout changé. En sa compagnie, le petit V du bonheur a élu domicile dans ma propre poitrine et fait comme chez soi. C'était son index à elle qui me tenait à cran. Je l'avais rencontrée dans une blanchisserie. C'était la fin de l'automne, mais dans cette ville léchée par l'océan, qui pouvait savoir ? Sobre comme la lumière du jour, je lui ai tendu mon uniforme ; je n'arrivais pas à détacher mon regard du sien. Je n'avais pas l'impression d'être un idiot, même si je devais en avoir l'air. L'impression que j'avais, c'était d'être rentré chez moi. Enfin. Je m'étais pas mal baladé. Pas tout à fait sans domicile, mais presque. J'avais bu, traîné dans des cabarets de Jackson Street, dormi sur le canapé de copains de beuverie ou bien dehors, parié les quarante-trois dollars de ma solde au creps et dans des salles de billard. Et quand ils se sont envolés, j'ai pris des petits boulots à la journée jusqu'à l'arrivée du chèque suivant. Je savais que j'avais besoin d'aide mais il n'y en avait pas. Sans commandements militaires à suivre ou dont me plaindre, j'ai fini à la rue et sans aide aucune.

Je me rappelle exactement pourquoi je n'avais pas

1. Allusion à la tradition selon laquelle, une fois mangée la dinde de Thanksgiving, deux personnes tirent chacune sur une moitié du bréchet en faisant un vœu. Quand il se rompt, celle qui en retient la plus grande partie verra son vœu exaucé.

touché à la boisson pendant quatre jours et pourquoi il fallait que je porte mes vêtements au nettoyage à sec. C'était à cause de ce matin où j'étais passé près du pont. Une foule grouillait autour d'une ambulance. En m'approchant suffisamment, j'ai aperçu les bras d'un infirmier, qui soutenaient une petite fille en train de vomir de l'eau. Du sang lui coulait du nez. J'ai été frappé de tristesse comme par une massue. J'ai eu un haut-le-cœur et la seule pensée du whisky m'a donné envie de rendre. J'ai filé à toute allure, les jambes en coton, ensuite j'ai passé quelques nuits sur un banc dans le parc jusqu'à ce que les flics me chassent. Le quatrième jour, quand j'ai aperçu mon reflet dans une vitrine, j'ai cru que c'était quelqu'un d'autre. Un type sale, à l'allure pitoyable. Il ressemblait à celui que j'étais dans un rêve que je faisais tout le temps et où je suis seul sur un champ de bataille. Personne nulle part. Le silence partout. Je continue à marcher mais je ne trouve absolument personne. C'est pile à ce moment-là que j'ai décidé de mettre de l'ordre. Au diable les rêves. J'avais besoin de rendre fiers les gars de chez moi. D'être autre chose qu'un ivrogne hanté, à moitié cinglé. Donc quand j'ai vu cette femme à la blanchisserie, j'étais tout entier prêt à l'accueillir. S'il n'y avait pas eu cette lettre, je serais encore suspendu aux cordons de son tablier. Elle était sans rivale dans mon esprit si on excepte les chevaux, le pied d'un homme et Ycidra toute tremblante sous mon bras.

Vous vous trompez à mort si vous croyez que j'étais juste à la recherche d'un domicile avec une fille sexy à l'intérieur. Ce n'était pas ça. Elle avait quelque chose qui m'a stupéfait, qui m'a donné envie d'être assez bien pour elle. Est-ce que c'est trop difficile à comprendre *pour vous ? Avant, vous avez écrit à quel point j'étais sûr que l'homme du train de Chicago, celui qui avait été tabassé, fouetterait l'épouse qui avait tenté de lui porter secours, quand ils rentreraient. Faux. Je n'ai rien pensé de tel. Ce que j'ai pensé, c'est qu'il était fier d'elle mais qu'il ne voulait pas montrer aux autres passagers combien il était fier. Je ne crois pas que vous en sachiez long sur l'amour.*

Ni sur moi.

6

Les comédiens étaient bien plus gentils que les comédiennes. Au moins, ils l'appelaient par son nom et ça ne les dérangeait pas que leurs costumes ne soient pas parfaitement ajustés ou conservent de vieilles traces de maquillage. Les femmes, elles, l'appelaient « petite », comme dans « Où est la petite ? » « Dis, petite, où est mon pot de fond de teint ? » Et elles étaient furieuses quand leurs cheveux ou leurs perruques refusaient d'obéir.

Lily n'éprouvait qu'une rancœur légère, car passer du statut de femme de ménage à celui de couturière/costumière était financièrement une promotion, et elle en vint à faire montre des talents que sa mère lui avait transmis en matière de couture : point coulé, point de feston, point de chaînette, point arrière, point yo-yo, boutons à queue et boutons plats. En outre, Ray Stone, le metteur en scène, était poli avec elle. Il montait deux voire trois pièces par saison au Skylight Studio et donnait des cours d'art dramatique le reste du temps. Ainsi, en dépit de sa taille modeste et de sa pauvreté, le théâtre débordait d'activité toute l'année. Entre deux mises en scène et après les cours, l'endroit résonnait

d'intenses disputes et la sueur perlait au front de
M. Stone comme de ses élèves. Lily trouvait qu'ils
étaient plus animés dans ces moments-là que quand
ils étaient sur le plateau. Elle ne pouvait s'empêcher
d'entendre ces querelles, mais ne comprenait pas la
colère lorsqu'il n'était pas question d'une scène ou
de la façon de dire certaines répliques. À présent que
Skylight était fermé, M. Stone, sous les verrous et
elle, au chômage, il était évident qu'elle aurait dû
prêter l'oreille avec attention.

Ce devait être la pièce. Celle qui avait engendré
le problème, le piquet de grève, puis la visite de
deux hommes du FBI coiffés de feutres mous. Cette
pièce, de son point de vue, n'était pas très bonne.
Beaucoup de paroles, très peu d'action, mais pas
mauvaise au point de devoir être interdite. Certainement pas aussi mauvaise que celle qu'ils avaient
répétée mais n'avaient pas obtenu l'autorisation de
jouer. Elle s'intitulait *L'Affaire Morrison*, d'un certain Albert Maltz, si sa mémoire était bonne[1].

La paye était moindre au Heavenly Palace de Wang
– blanchisserie et nettoyage à sec – et il n'y avait
pas de pourboires de la part de comédiens. Cependant, travailler à la lumière du jour était un progrès
par rapport au trajet à pied, dans le noir, pour faire
l'aller et retour entre la minuscule chambre qu'elle
louait et le théâtre. Debout dans la salle de repas-
sage, Lily se rappelait un récent agacement qui s'était

1. Pièce encore inédite à ce jour. Albert Maltz (1908-1985),
dramaturge et scénariste, fut l'un des « dix d'Hollywood »,
soupçonnés d'être communistes, inculpés dès 1947-1948 et
condamnés en 1950.

épanoui en colère. La réponse qu'elle avait récemment reçue de la part d'un agent immobilier la faisait bouillonner de fureur. Économe, ne s'occupant que de ses affaires, elle avait suffisamment ajouté à ce que ses parents lui avaient laissé pour quitter son meublé et verser un premier acompte en vue de s'acheter une maison à soi. Elle avait entouré une petite annonce pour une charmante demeure à cinq mille dollars, et même si cette adresse était loin de la blanchisserie où elle travaillait, elle ferait volontiers le trajet depuis un si joli quartier. Les regards insistants qu'elle s'était attirés en s'y promenant ne l'inquiétaient pas, puisqu'elle savait le soin avec lequel elle était vêtue et la perfection de ses cheveux lissés. Pour finir, après quelques promenades l'après-midi, elle avait consulté un agent immobilier. Quand elle eut décrit son objectif et les deux ou trois maisons à vendre qu'elle avait trouvées, l'agent sourit et répondit : « Je suis vraiment désolée.

— Elles sont déjà vendues ? » demanda Lily.

La dame baissa les yeux, puis résolut de ne pas mentir. « Eh bien non, mais il y a des restrictions.

— Sur quoi ? »

La dame soupira. À l'évidence peu désireuse d'avoir cette conversation, elle souleva son buvard et sortit des feuilles agrafées. Elle tourna une page et montra à Lily un passage souligné. Lily suivit de l'index les lignes en caractères d'imprimerie :

Aucun des biens transmis par le présent acte ne devra jamais être utilisé ni occupé par aucun Israélite ni aucun individu de race éthiopienne, malaise ni asiatique, à l'unique exception des employés de maison.

« J'ai des locations et des appartements dans d'autres quartiers de la ville. Voudriez-vous...

— Merci bien », répondit Lily. Elle leva le menton et quitta l'agence aussi vite que le lui permettait sa fierté. Néanmoins, quand sa colère fut retombée et, après mûre réflexion, elle retourna à l'agence et loua un deux pièces proche de Jackson Street.

Même si ses employeurs étaient bien plus prévenants que les comédiennes du Skylight Studio, au bout de six mois passés à travailler pour les Wang entre le fer et la presse à vapeur, et même après qu'ils lui eurent accordé une augmentation de soixante-quinze *cents*, elle se sentait étouffer. Elle voulait toujours acheter cette maison ou une autre identique. C'est au cœur de cette agitation qu'entra un homme immense, apportant un ballot de vêtements militaires pour une remise « le jour même ». Le couple Wang, qui déjeunait dans l'arrière-boutique, l'avait laissée s'occuper du comptoir. Elle dit au client que la remise « le jour même » s'appliquait uniquement aux demandes faites avant midi ; il pouvait récupérer ses affaires le lendemain. Elle souriait en parlant. Il ne lui rendit pas son sourire, mais son regard avait une expression si tranquille, si lointaine – comme les gens qui gagnaient leur vie en contemplant les vagues de l'océan – qu'elle se ravisa.

« Bon, je vais voir ce que je peux faire. Revenez à cinq heures et demie. »

Il revint et, tenant les cintres par-dessus son épaule, attendit une demi-heure sur le trottoir qu'elle sorte. Puis il proposa de la raccompagner chez elle.

« Voulez-vous monter ? lui demanda Lily.

— Je ferai tout ce que vous direz. »

Elle éclata de rire.

Ils se mêlèrent l'un à l'autre, devenant pour ainsi dire un couple en moins d'une semaine. Mais des mois plus tard, lorsqu'il annonça qu'il devait la quitter pour raison familiale, Lily ressentit un seul battement de pouls anormal. Ce fut tout.

La vie avec Frank avait été merveilleuse au début. Son effondrement tenait plus d'un accident de parcours que d'une éruption unique. Lily avait commencé à ressentir de la contrariété plutôt que de l'inquiétude quand, en rentrant du travail, elle le voyait assis sur le canapé, les yeux rivés au plancher. Une chaussette à un pied, l'autre dans la main. Ni l'appel de son nom ni le visage de Lily penché près du sien ne le faisaient réagir. Lily avait donc appris à le laisser tranquille et s'éclipsait dans la cuisine pour nettoyer le désordre qu'il avait laissé. Les fois où la vie était aussi agréable qu'au début, où elle éprouvait une telle douceur en se réveillant auprès de lui, la joue sur ses plaques d'identité, étaient à présent des souvenirs qu'elle cherchait de moins en moins à ressusciter. Elle regrettait la perte d'extase, mais supposait qu'à un certain moment ses sommets réapparaîtraient.

Pendant ce temps, les petites mécaniques de l'existence requéraient de l'attention : factures impayées, fréquentes fuites de gaz, souris, échelles dans la dernière paire de bas, voisins hostiles qui se disputaient, robinets qui gouttaient, chauffage capricieux, chiens errants et le prix insensé de la viande hachée. Frank ne prenait au sérieux aucun de ces motifs d'agacement et, en toute honnêteté, elle ne pouvait le lui reprocher. Elle savait que sous cette montagne de lamentations se trouvait enfouie son envie d'avoir sa maison à elle. Lily était furieuse qu'il ne partage en rien son enthousiasme pour mener à bien cet objectif. En fait, il semblait ne pas avoir d'objectif du tout. Quand elle l'interrogeait sur l'avenir, ce qu'il voulait faire, il répondait : « Rester en vie. » Ah, songeait-elle. Il était toujours hanté par la guerre. Aussi, qu'elle fût contrariée ou inquiète, elle lui pardonnait beaucoup : comme cette fois, en février, où ils s'étaient rendus à un rassemblement paroissial organisé sur le terrain de football d'un lycée. Plus connue pour ses mets délicieux, gracieusement offerts sur maintes rangées de tables, que pour son prosélytisme, l'église accueillait tout le monde. Et tout le monde venait – pas seulement les membres de la congrégation. Les non-croyants, qui s'entassaient dans l'entrée et faisaient la queue pour se servir à manger, étaient plus nombreux que les croyants. Les brochures distribuées par de jeunes gens à la mine sérieuse et des aînés au doux visage étaient fourrées dans les sacs à main et les poches latérales. Quand cessa la pluie matinale et que le soleil filtra à travers les nuages, Lily et Frank échangèrent leurs imperméables contre des pull-overs et se rendirent tranquillement au stade, main dans la main. Lily levait le menton un peu plus haut et regrettait que Frank ne se soit pas fait couper les cheveux. Les gens lui accordaient plus qu'un simple coup d'œil, probablement parce qu'il était si grand, du moins l'espérait-elle. Toujours est-il qu'ils furent enjoués l'après-midi durant : ils bavardaient avec les gens et aidaient les enfants à remplir leur assiette. Puis, au beau milieu de toute cette lumière froide et de cette chaleureuse gaieté, Frank déguerpit. Ils étaient debout à une table en train de se resservir en poulet frit lorsque, de l'autre côté de cette table, une petite fille aux yeux bridés tendit le bras pour attraper un *cupcake*. Frank se pencha afin de lui rapprocher le plateau. Quand elle lui fit un large sourire de reconnaissance, il lâcha sa nourriture et s'élança à travers la foule. Les gens, ceux qu'il bousculait et les autres, s'écartaient sur son passage – certains en fronçant les sourcils, d'autres simplement bouche bée. Embarrassée et inquiète, Lily posa son assiette en carton. S'efforçant de faire comme si elle ne le connaissait pas, elle longea lentement les gradins, la tête haute, sans croiser le regard de quiconque, et s'éloigna par une autre sortie que celle qu'avait empruntée Frank.

Quand elle regagna l'appartement, elle fut soulagée de le trouver désert. Comment Frank avait-il pu changer si vite ? Riant un instant, terrifié celui d'après ? Y avait-il en lui une violence susceptible d'être dirigée contre elle ? Il avait des sautes d'humeur, bien sûr, mais n'était jamais querelleur ni le moins du monde menaçant. Lily rapprocha les genoux, y appuya les coudes et réfléchit à son désarroi ainsi qu'à celui de Frank, à l'avenir qu'elle voulait et à la question de savoir s'il pouvait ou non le partager. Les lueurs de l'aube s'insinuèrent à travers les rideaux avant qu'il ne rentre. Le cœur de Lily bondit lorsqu'elle entendit tourner la clé dans la serrure, mais Frank était calme et, selon ses propres termes, « mort de honte ».

« C'était quelque chose en rapport avec ton séjour en Corée qui te hantait ? » Lily n'avait jamais posé de questions sur la guerre et lui-même ne l'avait jamais évoquée. Bien, se disait-elle. Mieux vaut passer à autre chose.

Frank sourit. « Mon séjour ?

— Enfin, tu vois ce que je veux dire.

— Oui, je sais. Ça ne se reproduira plus. Promis. » Frank la serra dans ses bras.

Les choses revinrent à la normale. Lui travaillait dans une station de lavage de voitures l'après-midi ; elle, chez Wang, en semaine, et elle faisait des retouches le samedi. Ils voyaient de moins en moins de monde, mais Lily s'en passait très bien. Un film de temps en temps leur suffisait, jusqu'à ce qu'ils aillent voir *Menace dans la nuit*[1]. Ensuite, Frank passa une partie de la nuit à serrer le poing en silence. Il n'y eut plus de films.

Lily visait autre chose. Peu à peu, elle se distinguait par ses talents de couturière. Deux fois elle avait fait de la dentelle pour un voile de mariée et, après qu'elle eut brodé une nappe en lin à la demande d'un client aisé, sa réputation s'accrut. Comme elle recevait de nombreuses commandes de particuliers, elle avait décidé d'avoir coûte que coûte un endroit à elle et d'y ouvrir une boutique de confection, peut-être de devenir un jour costumière. Après tout, elle avait une expérience professionnelle dans le théâtre.

Ainsi que Frank l'avait promis, il n'y eut pas d'autres éclats en public. Mais tout de même. Les

---

1. *Menace dans la nuit* (*He Ran All the Way*, 1951) évoque une vengeance suite à un hold-up raté. Victime du maccarthysme, son réalisateur, John Berry (1917-1999), s'exila en France peu après la sortie du film.

nombreuses fois où elle rentrait et le trouvait encore
en train de ne rien faire, seulement assis sur le
canapé à fixer le tapis, la perturbaient. Elle essaya ;
elle essaya vraiment. Mais la moindre tâche ménagère – si minime fût-elle – était pour Lily : les vêtements de Frank éparpillés par terre ; la vaisselle couverte de restes dans l'évier, les flacons de ketchup
non rebouchés, les poils de barbe dans le lavabo, les
serviettes détrempées qui s'entassaient sur le carrelage
de la salle de bains. Lily pouvait continuer à l'infini.
Et c'était ce qu'elle faisait. Les plaintes se transfor-
mèrent en disputes durant lesquelles elle était seule
à parler, puisque lui refusait de participer.

« Où étais-tu ?

— Dehors.

— Où ça, dehors ?

— Au bout de la rue. »

Bar ? Coiffeur ? Salle de billard. Il n'était sûrement pas allé s'asseoir dans le parc.

« Frank, est-ce que tu pourrais rincer les bouteilles
de lait avant de les mettre sur le perron ?

— Désolé. Je vais le faire tout de suite.

— Trop tard. Je m'en suis déjà occupée. Tu sais,
je ne peux pas tout faire.

— Personne ne peut tout faire.

— Mais toi, tu peux faire quelque chose, non ?

— Lily, je t'en prie. Je ferai tout ce que tu veux.

— Tout ce que je veux ? Cet endroit est à nous. »

Le brouillard de mécontentement qui entourait
Lily se fit plus épais. Sa rancœur était justifiée par
l'indifférence manifeste de Frank, ainsi que par son
mélange de besoin et d'irresponsabilité. Au lit, leurs
ébats, franchement si agréables autrefois pour une

jeune femme qui n'avait pas connu d'autre homme, devinrent une contrainte. Par ce jour de neige, lorsque Frank demanda à emprunter tout cet argent pour s'occuper de sa sœur malade en Géorgie, l'écœurement de Lily lutta contre le soulagement et perdit. Elle ramassa les plaques d'identité qu'il avait laissées sur le lavabo de la salle de bains et les rangea dans un tiroir près de son livret bancaire. À présent, elle avait tout loisir de faire convenablement le ménage dans l'appartement, de mettre les choses à leur place et de se réveiller en sachant qu'elles n'avaient pas été dérangées ni réduites en miettes. L'esseulement qu'elle avait éprouvé avant que Frank ne la raccompagne de la blanchisserie des Wang commença à se dissiper et fut remplacé par un frisson né de la liberté, de la solitude méritée, du choix du mur qu'elle voulait franchir, moins le poids de devoir s'occuper d'un homme qui ne tournait pas rond. Sans entraves ni diversions, elle pouvait réfléchir sérieusement, élaborer un plan à la mesure de son ambition et réussir. C'était ce que ses parents lui avaient appris et ce qu'elle leur avait promis. Choisir, insistaient-ils, et ne jamais se laisser fléchir. Qu'elle ne se laisse démonter par aucune insulte ni aucun affront. Ou bien, comme son père se plaisait à le lui répéter de travers : « Prends ton courage dès demain, ma fille. Tu t'appelles Lillian Florence Jones en souvenir de ma mère. Aucune femme plus coriace n'a jamais vécu. Trouve ton talent et cultive-le. »

L'après-midi du départ de Frank, Lily s'avança jusqu'à la fenêtre donnant sur la rue, étonnée de voir celle-ci se couvrir de lourds flocons de neige. Elle décida d'aller faire ses courses tout de suite, au cas où le mauvais temps deviendrait un obstacle. Une fois dehors, elle aperçut sur le trottoir un petit porte-monnaie en cuir. En l'ouvrant, elle vit qu'il regorgeait de pièces – essentiellement de vingt-cinq et de cinquante *cents*. Elle se demanda immédiatement si on la regardait. Les rideaux, en face, bougeaient-ils un peu ? Les passagers de la voiture qui passait par là – voyaient-ils ? Lily referma le porte-monnaie et le posa sur le pilier devant le perron. Quand elle rentra avec un cabas rempli de produits et de denrées de première nécessité, le porte-monnaie était toujours là, bien que recouvert d'un fin duvet de neige. Lily ne regarda pas autour d'elle. Elle le ramassa d'un geste désinvolte et le laissa tomber parmi les provisions. Plus tard, étalées sur le côté du lit où Frank dormait jadis, les pièces, froides et luisantes, semblaient représenter un échange parfaitement équitable. Dans l'espace vide laissé par Frank Money scintillait de l'argent bien réel. Qui pouvait se méprendre sur un signe aussi évident ? Pas Lillian Florence Jones.

7

Lotus, Géorgie, est le pire endroit du monde, pire que n'importe quel champ de bataille. Au moins, sur le champ de bataille, il y a un but, de l'excitation, de l'audace et une chance de gagner en même temps que plusieurs chances de perdre. La mort est une chose sûre, mais la vie est tout aussi certaine. Le problème, c'est qu'on ne peut pas savoir à l'avance.

À Lotus, vous saviez bel et bien à l'avance puisqu'il n'y avait pas d'avenir, rien que de longues heures passées à tuer le temps. Il n'y avait pas d'autre but que de respirer, rien à gagner et, à part la mort silencieuse de quelqu'un d'autre, rien à quoi survivre ni qui vaille la peine qu'on y survive. Sans mes deux amis, j'aurais étouffé vers l'âge de douze ans. C'étaient eux, en plus de ma petite sœur, qui maintenaient à l'arrière-plan l'indifférence des parents et la haine des grands-parents. Personne à Lotus ne savait rien ni ne voulait rien apprendre. Pour sûr, Lotus ne ressemblait à aucun endroit où vous voudriez être. Peut-être une centaine d'habitants qui vivaient dans environ cinquante maisons branlantes disséminées ici et là. Rien à faire à part des travaux abrutissants dans des champs que vous ne possédiez pas, ne pouviez pas posséder et ne voudriez pas posséder si vous aviez un autre choix. Ma famille était satisfaite ou peut-être simplement désespérée pour vivre comme ça. Je comprends. Après avoir été chassée d'une ville, toute autre ville qui offrait la sécurité et le calme d'une nuit de sommeil ininterrompu sans carabine pointée sur la figure au réveil était plus que suffisante. Mais elle était bien moins que suffisante pour moi. Vous n'avez jamais vécu là-bas, donc vous ne pouvez pas savoir comment c'était. N'importe quel gosse intelligent deviendrait fou. Est-ce que j'étais censé me satisfaire de quelques minutes de sexe sans amour, une fois de temps en temps ? Peut-être d'un délit, prémédité ou accidentel ? Est-ce que les billes, la pêche, le baseball et la chasse au lapin pouvaient être des raisons de sortir de son lit le matin ? Vous savez bien que non.

Mike, Stuff et moi, on était impatients de partir de là pour aller loin, très loin.

Dieu soit loué pour l'armée.

Je ne regrette rien de cet endroit sauf les étoiles.

Seuls les ennuis de ma sœur pouvaient me forcer ne serait-ce qu'à songer aller dans cette direction. Ne me dépeignez pas comme un héros enthousiaste.

Il fallait que j'y aille mais ça me faisait peur.

8

Jackie repassait à la perfection. Elle n'astiquait pas le sol aussi bien, mais Lenore la gardait car elle maniait double pattes, manchettes, cols et empièce-ments avec une adresse incomparable. C'était une joie que de voir ces petites mains soulever sans effort le lourd fer, un plaisir que de constater l'aisance avec laquelle elle contrôlait la flamme du fourneau à bois. L'art avec lequel elle devinait le degré d'échauffe-ment du métal, la différence entre sa chaleur brû-lante et sa température idéale. Elle avait douze ans et alliait des jeux d'enfant turbulents à l'exécution adulte des tâches ménagères. On pouvait l'apercevoir sur la route, qui faisait des bulles de chewing-gum tout en frappant dans une balle retenue à sa raquette par un élastique, ou bien en train de faire le cochon pendu sur une branche de chêne. Dix minutes plus tard, peut-être écaillait-elle du poisson ou bien plu-mait des poules comme une professionnelle. Lenore se reprochait la façon médiocre dont Jackie lavait le sol. La tête de son balai se composait d'une boule de chiffons, non de la corde absorbante de ceux de meilleure qualité. Elle se demanda si elle devait lui dire de frotter à genoux, mais choisit de ne pas observer ce maigre corps de fillette penché à quatre pattes. Salem avait été prié maintes fois d'aller chercher une nouvelle serpillière, de se faire conduire à Jeffrey par M. Haywood et d'acheter le matériel dont ils avaient besoin. Sa réponse : « Tu sais conduire. Vas-y toi-même » n'était qu'une excuse parmi d'autres.

Lenore soupirait et tentait de ne pas comparer Salem à son premier mari. Franchement, quel homme adorable, se disait-elle. Pas seulement attentionné, énergique et bon chrétien, mais aussi quelqu'un qui gagnait beaucoup. Il était propriétaire d'une station d'essence juste à l'endroit où la route principale bifurquait pour devenir une route de campagne, l'emplacement idéal pour faire le plein. Un homme adorable. C'était atroce, atroce, qu'il ait été tué d'une balle par quelqu'un qui voulait ou lui enviait sa station d'essence. Le mot laissé sur son torse disait : « Fous le camp. Tout de suite. » Cela s'était passé durant heures les plus sombres de la Grande Crise et le shérif avait en tête des choses plus importantes. Ratisser le comté pour une fusillade ordinaire n'en faisait pas partie. Il avait pris le mot en disant qu'il mènerait une enquête. S'il le fit, il ne dit pas ce qu'il avait découvert. Par bonheur, l'époux de Lenore avait des économies, une assurance, ainsi qu'une propriété à l'abandon appartenant à son cousin et située à Lotus, Géorgie. Craignant que quiconque avait tué son mari ne vienne la trouver, elle vendit la maison, entassa dans sa voiture autant que ce qu'elle pouvait contenir et déménagea de Heartsville, Alabama, à Lotus. Sa peur diminua au fil du temps, mais pas suffisamment pour qu'elle se sente à l'aise en vivant seule. Par conséquent, son mariage avec un veuf de Lotus dénommé Salem Money résolut ce problème, provisoirement en tout cas. Comme elle cherchait quelqu'un pour l'aider à réparer la maison, Lenore avait parlé au pasteur de l'église de la Congrégation de Dieu. Il lui avait fourni un ou deux noms, mais laissé entendre que Salem Money aurait le temps et le savoir-faire requis. C'était vrai, et puisque Salem était l'un des rares hommes de Lotus à ne pas avoir d'épouse, il semblait naturel qu'ils unissent leurs forces. Ils se rendirent à Mount Haven en voiture, Lenore au volant, pour obtenir une autorisation de mariage que l'employée refusa de leur délivrer parce qu'ils n'avaient pas d'actes de naissance. Du moins, ce fut ce qu'elle dit. Le caractère arbitraire de ce refus, toutefois, ne les arrêta pas. Ils échangèrent leurs vœux à l'église de la Congrégation de Dieu.

Juste au moment où Lenore commençait à se sentir à l'aise et en sécurité, si loin de l'Alabama, arriva une ribambelle de proches parents de Salem – en haillons et chassés de chez eux : son fils Luther et Ida, son épouse ; un second fils, Frank ; un petit-fils, Frank également, et une nouveau-née qui hurlait.

C'était impossible. Tout ce que Salem et elle avaient fait pour retaper la maison n'avait servi à rien. Elle devait prévoir quand utiliser la cabane des toilettes ; il n'y avait aucune intimité. Comme elle se levait tôt afin de prendre tranquillement son petit déjeuner, selon son habitude, il lui fallait enjamber les corps qui dormaient, allaitaient ou ronflaient, répartis dans toute la maison. Elle s'adapta et prit son petit déjeuner lorsque les hommes s'en allaient et qu'Ida emmenait le bébé avec elle aux champs. Mais c'étaient les cris du nourrisson, la nuit, qui l'exaspéraient le plus. Quand Ida demanda à Lenore si elle voulait bien s'occuper du bébé parce qu'elle-même ne pouvait plus s'en charger au champ, Lenore crut devenir folle. Elle pouvait difficilement refuser, mais consentit uniquement parce que, à l'évidence, c'était le frère de quatre ans qui était pour le nourrisson sa véritable mère.

Ces trois années furent éprouvantes, même si les proches sans domicile étaient reconnaissants et faisaient tout ce qu'elle désirait sans jamais se plaindre. Ils étaient autorisés à conserver l'intégralité de leurs salaires car, quand ils auraient économisé assez d'argent, ils pourraient louer leur propre maison et quitter la sienne. Promiscuité, désagréments, surcroît de tâches ménagères, un mari de plus en plus indifférent – son refuge était anéanti. Le nuage de son mécontentement face à un tel abus de sa générosité trouva un endroit où flotter : autour de la tête du garçon et de la fillette. Ce furent eux qui payèrent, bien que Lenore crût être simplement une grand-mère par alliance stricte, et non cruelle.

La fillette n'était bonne à rien et devait être corrigée à tout instant. Les circonstances de sa naissance ne laissaient présager rien de bon. Il existait probablement un terme médical pour désigner sa gaucherie, pour désigner une mémoire si courte que même quelques coups de badine n'aidaient pas l'enfant à se rappeler de fermer le poulailler le soir ou de ne pas renverser de nourriture sur ses habits, tous les jours sans exception. « Tu as deux robes. Deux ! Tu t'attends à ce que j'en lave une après chaque repas ? » Seule la haine dans le regard du frère retenait Lenore de la gifler. Il était toujours en train de la protéger, de la consoler comme si elle était son chaton préféré.

Pour finir, la famille alla s'installer dans sa propre

maison. Paix et ordre régnaient. Les années passèrent, les enfants grandirent et s'en allèrent, les parents tombèrent malades et moururent, les récoltes manquèrent, les tempêtes détruisirent des foyers et des églises, mais Lotus tint bon. Lenore aussi, jusqu'à ce qu'elle commence à se sentir trop souvent prise de vertiges. C'est alors qu'elle persuada la mère de Jackie de laisser sa fille faire certaines corvées à sa place. Sa seule hésitation concernait le chien de Jackie, qui gardait la petite en permanence. Ce doberman noir et blanc ne s'éloignait jamais de Jackie. Même quand la fillette dormait ou se trouvait dans n'importe quelle maison du voisinage, le doberman reposait la tête entre ses pattes juste devant l'entrée. Peu importe, songea Lenore, tant que le chien restait dans le jardin ou sur sa galerie. Il lui fallait quelqu'un pour faire les tâches ménagères exigeant de rester longtemps debout. De plus, grâce à Jackie, elle pouvait glaner des nouvelles de ce qui se passait dans le village.

Lenore apprit que le gars de la ville avec lequel Cee s'était enfuie avait volé sa voiture et quitté Cee en moins d'un mois. Que Cee avait trop honte pour rentrer à la maison. Quoi d'étonnant, songea Lenore. Tout ce qu'elle avait jamais supposé à propos de cette fille était vrai. Même un mariage légitime, ça la dépassait. Lenore avait dû insister sur une formalité, une trace écrite, sans quoi le couple aurait juste convenu d'une autre forme de « concubinage » laxiste. Ne pas avoir d'obligations laissait l'un libre de voler une Ford et l'autre, de nier toute responsabilité.

Jackie décrivait aussi l'état de deux familles qui avaient perdu un fils en Corée. L'une était celle des Durham, les parents de Michael. Lenore se souvenait de lui comme d'un sale type, ami intime de Frank. Un autre garçon du nom d'Abraham, fils de Maylene et Howard Stone, celui qu'on appelait « Stuff », avait été tué également. Frank était le seul du trio à avoir survécu. Lui, d'après les ragots, ne rentrait pas à Lotus. La réaction des Durham et des Stone à la mort de leur fils était appropriée, mais on aurait cru que c'étaient des saints dont ils attendaient qu'on rapatrie les corps. Ne savaient-ils pas, ou ne se souvenaient-ils pas que ces garçons cherchaient tous les trois à se faire inviter chez cette coiffeuse ? Quelle débauchée. Quelle honte. Mme K., on l'appelait. Bêcheuse était encore un terme trop faible. Quand le révérend Alsop était allé la voir pour lui conseiller fortement de ne pas inviter d'adolescents du coin, elle avait jeté une tasse de café brûlant sur sa chemise. Quelques grand-mères avaient encouragé le révérend à aller lui parler, mais les pères ne se souciaient guère des services de Mme K. et les mères non plus : il fallait bien que les petits jeunes s'instruisent quelque part et une veuve du voisinage qui ne voulait pas de leurs maris représentait plus une manne qu'un péché. Par ailleurs, leurs propres filles étaient plus en sécurité comme ça. Mme K. ne racolait pas, ni ne faisait payer. Apparemment, elle se satisfaisait elle-même à l'occasion (ainsi que les jeunes garçons) quand son appétit s'aiguisait. De plus, personne ne coiffait mieux qu'elle. Lenore ne voulait pas traverser la rue pour lui dire bonjour et encore moins s'asseoir dans l'abomination de sa cuisine.

Tout cela, elle le dit à Jackie et même si la fillette prenait un air absent, elle ne discutait pas, ni ne contredisait Lenore comme Salem le faisait invariablement.

C'était une femme profondément malheureuse. En

outre, elle avait eu beau se marier pour éviter d'être seule, son mépris des autres la maintenait dans la solitude, voire l'esseulement total. Ce qui la consolait, c'était un compte d'épargne bien replet, le fait d'être propriétaire et d'avoir une, en fait deux, des rares automobiles du village. Jackie représentait toute la compagnie qu'elle pouvait désirer. En plus d'avoir une oreille attentive et de l'ardeur à la tâche, cette fille valait bien davantage que les vingt-cinq *cents* que Lenore lui versait quotidiennement.

Puis cette situation prit fin.

M. Haywood dit que quelqu'un avait jeté deux chiots du plateau d'un camion, juste sous ses yeux. Il avait freiné, ramassé celui qui n'avait pas eu la nuque brisée – une femelle – et l'avait emmené à Lotus pour les enfants auxquels il donnait des bandes dessinées et des bonbons. Même si quelques-uns étaient ravis et s'occupaient de cette petite chienne, d'autres la taquinaient. Jackie, cependant, l'adorait, lui donnait à manger, la protégeait et lui apprenait des tours. Rien d'étonnant à ce qu'elle s'attache immédiatement à Jackie, qui l'aimait le plus. Elle appela cette chienne Bobby.

D'habitude, Bobby ne mangeait pas de poulets. Elle préférait les pigeons ; leurs os étaient plus suaves. Et elle ne chassait pas pour trouver sa nourriture : elle mangeait simplement tout repas qu'on lui donnait ou qu'elle trouvait par hasard. Ainsi, la jeune poule qui cherchait des vers à petits coups de bec autour des marches de la galerie de Lenore représentait une incitation flagrante. Le bâton qu'utilisa Lenore pour éloigner Bobby de sa carcasse était celui qu'elle utilisait pour se tenir droite.

Jackie entendit les aboiements et laissa le fer impri-

97

mer sa marque sur une taie d'oreiller pour sortir à toutes jambes de la maison et secourir Bobby. Ni l'une ni l'autre ne retourna chez Lenore.

Sans aide ni époux qui la soutînt, Lenore se retrouva aussi seule qu'après la mort de son premier mari, aussi seule qu'avant d'épouser Salem. Il était trop tard pour rechercher l'amitié des femmes du voisinage, dont elle s'était assurée qu'elles connaissaient leur niveau et le sien. Supplier la mère de Jackie fut humiliant ainsi qu'inutile, puisque la réponse fut : « Désolée. » Il lui fallait à présent se satisfaire de la compagnie de l'individu qu'elle estimait par-dessus tous : elle-même. Peut-être est-ce cette association entre Lenore et Lenore qui engendra l'attaque mineure dont elle fut victime par une nuit étouffante du mois de juillet. Salem la découvrit agenouillée près du lit et courut chez M. Haywood, qui la conduisit en voiture à l'hôpital de Mount Haven. Là, au terme d'une longue et périlleuse attente dans le couloir, elle finit par recevoir un traitement limitant les complications. Elle n'arrivait plus à articuler ; cependant, elle pouvait marcher – en faisant bien attention. Salem veillait à ses besoins élémentaires, mais fut soulagé de découvrir qu'il ne comprenait pas un seul mot de ce qu'elle prononçait. Du moins, c'était ce qu'il disait.

Ce fut un témoignage de leur bonne volonté si des voisines pratiquantes et vivant dans la peur de Dieu lui apportèrent des assiettes de nourriture, balayèrent le sol, lavèrent son linge, et elles l'auraient également baignée, si ce n'est que sa fierté et leur sensibilité l'interdisaient. Sachant que la femme qu'elles aidaient les méprisait toutes, elles n'eurent même pas à dire tout haut ce qu'elles comprenaient comme une vérité : que les voies du Seigneur sont impénétrables.

9

La Corée.

Vous ne pouvez pas l'imaginer parce que vous n'y étiez pas. Vous ne pouvez pas décrire le paysage lugubre parce que vous ne l'avez jamais vu. Permettez-moi d'abord de vous parler du froid. Je veux dire : froid. Plus que glacial, le froid de Corée fait mal, s'accroche comme une espèce de colle dont on ne peut pas se défaire.

Le combat est effrayant, oui, mais il est vivant. Les ordres, les tripes qui remuent, couvrir les potes, tuer – évident, pas besoin de réfléchir bien loin. Ce qu'il y a de difficile, c'est l'attente. Il s'écoule des heures et des heures, pendant que vous faites tout votre possible pour raccourcir les journées froides et mornes. Le pire, c'est la faction en solitaire. Combien de fois est-ce que vous pouvez retirer vos gants pour voir si vos ongles noircissent ou vérifier votre fusil automatique ? Vos yeux et vos oreilles sont exercés à voir ou à entendre le mouvement. Ce bruit, ce sont des Mongols ? Ils sont bien pires que les Coréens du Nord. Les Mongols n'abandonnent jamais, n'arrêtent jamais. Quand vous les croyez morts, ils se retournent et vous tirent dans le bas-ventre. Même si vous vous trompez et qu'ils sont aussi morts que le regard d'un camé, ça vaut le coup de gaspiller quelques cartouches pour s'en assurer.

Donc j'y étais, heure après heure, appuyé contre un mur de fortune. Rien à voir excepté un village tranquille loin en contrebas, ses toits de chaume qui imitaient les collines dénudées plus loin ; un massif dense de bambous gelés qui pointaient hors de la neige à ma gauche. C'était là qu'on balançait nos ordures. Je restais aussi vigilant que je pouvais, à écouter, guetter un signe de la présence d'yeux bridés ou de casquettes rembourrées. La plupart du temps, rien ne bougeait. Mais un après-midi, j'ai entendu un infime craquement dans les tiges de bambou. Un unique quelque chose remuait. Je savais que ce n'était pas l'ennemi – ils ne venaient jamais un par un – donc je me suis imaginé que c'était un tigre. À ce qu'on disait, ils rôdaient dans les collines, mais personne n'en avait vu un seul. Ensuite, j'ai vu les bambous s'écarter, tout près du sol. Un chien, peut-être ? Non. C'était une main d'enfant, qui dépassait et tâtait le sol. Je me souviens d'avoir souri. Ça me rappelait Cee et moi en train d'essayer de voler des pêches sous l'arbre de Mlle Robinson, en cachette, à plat ventre, le plus discrètement possible pour qu'elle ne nous voie pas et n'attrape pas une ceinture. Je n'ai même pas essayé de chasser la fille, cette première fois, donc elle est revenue pratiquement tous les jours en se frayant un chemin à travers les bambous pour fouiller dans nos ordures. Je n'ai vu son visage qu'une seule fois. La plupart du temps, je regardais juste sa main remuer entre les tiges pour tripoter les déchets. Chacune de ses apparitions était aussi bienvenue que le spectacle d'un oiseau qui nourrissait ses petits ou d'une poule qui grattait, grattait la terre pour atteindre le ver dont elle savait qu'il était enfoui à cet endroit.

Parfois, sa main réussissait tout de suite et attrapait un détritus en un rien de temps. À d'autres moments, les doigts ne faisaient que se tendre, tâtonnaient, cherchaient quelque chose, n'importe quoi, à manger. Comme une minuscule étoile de mer – gauchère, comme moi. J'ai vu des ratons laveurs plus difficiles quand ils raflaient des conserves jetées aux ordures. Elle, elle ne chipotait pas. Tout ce qui n'était pas du métal, du verre ou du papier, pour elle, ça se mangeait. Elle se fiait non pas à ses yeux mais à ses seuls doigts pour trouver de quoi se nourrir. Déchets de rations de survie, restes de colis envoyés avec de bons baisers de Maman et pleins de gâteaux au chocolat qui tombaient en miettes, de biscuits, de fruits. Une orange, désormais toute molle et noire de pourriture, se trouve juste devant ses doigts. Elle cherche à l'attraper. Ma relève arrive, voit sa main et secoue la tête en souriant. Au moment où il s'approche d'elle, elle se redresse et dans ce qui apparaît comme un geste rapide, voire machinal, elle dit quelque chose en coréen. Ça ressemble à « miam-miam ».

Elle sourit, tend la main vers l'entre-jambes du soldat et le touche. Ça le surprend. Miam-miam ? Dès que mon regard passe de sa main à son visage, que je vois les deux dents qui manquent, le rideau de cheveux noirs au-dessus d'yeux affamés, il la flingue. Il ne reste que sa main parmi les ordures, cramponnée à son trésor, une orange tavelée en train de pourrir.

Tous les civils que j'ai pu rencontrer dans ce pays étaient prêts à mourir (et mouraient) pour défendre leurs enfants. Les parents se précipitaient sans arrêt au-devant de leurs gosses. Pourtant, je savais qu'il y avait quelques dépravés qui ne se contentaient pas des filles à vendre habituelles et qui s'étaient mis à faire commerce d'enfants.

Maintenant que j'y repense, je crois que le soldat a ressenti plus que du dégoût. Je crois qu'il a été tenté et que c'est ça qu'il a été obligé de tuer.

Miam-miam.

10

Le *Georgian* vantait un petit déjeuner composé de jambon de pays accompagné de son jus de cuisson[1]. Frank arriva en avance à la gare pour réserver une place. Il donna une coupure de vingt dollars à la vendeuse de billets et elle lui rendit trois pièces d'un *cent*. À trois heures et demie de l'après-midi, il monta et s'installa sur le siège inclinable. Dans la demi-heure précédant le départ du train, Frank donna libre cours aux images obsédantes toujours prêtes à danser devant ses yeux.

Mike de nouveau dans ses bras, qui donnait des coups, gesticulait, pendant que Frank lui hurlait : « Reste ici, vieux. Allez. Reste avec moi. » Puis murmurait : « S'il te plaît, s'il te plaît. » Quand Mike ouvrait la bouche pour parler, Frank se penchait tout près de lui et entendait son ami : « Smart, Smart. Tu diras pas à ma mère. » Par la suite, quand Stuff lui demanda ce qu'il avait dit, Frank répondit par

---

1. Ce petit déjeuner traditionnel, typique du Sud des États-Unis (jambon dont la sauce est en dernier lieu agrémentée d'une dose de café), figurait sur toutes les réclames pour le train en question.

un mensonge. « Il a dit : "Liquidez ces connards." »
Au moment où les infirmiers arrivèrent, l'urine sur le
pantalon de Mike avait gelé et Frank avait dû chasser du corps de son ami des couples de corbeaux,
agressifs comme des bombardiers. Ça l'avait transformé. Ce qui était mort dans ses bras donnait à
son enfance une vie colossale. C'étaient des gamins
de Lotus qui se connaissaient avant d'avoir appris la
propreté, qui avaient fui le Texas de la même façon,
sans croire à l'incroyable malveillance des étrangers.
Enfants, ils avaient couru après des vaches qui s'éga-
raient, s'étaient aménagé un terrain de baseball dans
les bois, avaient partagé des Lucky Strike, découvert
le sexe maladroitement et en pouffant de rire. Adolescents, ils avaient eu recours aux services de Mme K.,
la coiffeuse, qui, selon son humeur, les aidait à peau-
finer leurs talents en la matière. Ils se disputaient, se
battaient, riaient, raillaient et s'aimaient sans jamais
avoir à se le dire.

Avant, Frank n'était pas courageux. Il avait simplement fait ce qu'on lui disait et ce qui était nécessaire. Il se sentait même nerveux après avoir tué. À
présent, il était déchaîné, insensé, tirait en évitant
les fragments épars des victimes. Il n'entendit pas
clairement supplier, crier à l'aide, jusqu'à ce qu'un
F-51 lâche son chargement sur le nid de l'ennemi.
Dans le silence qui suivit l'explosion, les plaintes
flottèrent comme les notes de violoncelle bon marché qui émanent des cages à bestiaux dans lesquelles
les bovins flairent leur avenir baigné de sang. Désormais, Mike ayant disparu, Frank était courageux,
quoi que cela signifie. Il n'y avait au monde pas
assez de Jaunes ou de Chinetoques morts pour qu'il

soit satisfait. L'odeur cuivrée du sang ne lui soulevait plus l'estomac : elle lui ouvrait l'appétit. Quelques semaines plus tard, après que Red eut été réduit à néant, le sang de Stuff suintait de l'endroit où son bras avait été arraché. Frank aida Stuff à le retrouver six mètres plus loin, à moitié enfoui dans la neige. Ces deux-là, Stuff et Red, étaient particulièrement proches. « Neck » avait été retranché du surnom de Red car comme il détestait plus les nordistes que les péquenauds du Sud[1], il avait préféré s'associer avec les trois garçons de Géorgie – Stuff, surtout. Maintenant, ils n'étaient plus que de la viande.

Frank avait attendu le départ des infirmiers et l'arrivée de l'équipe funéraire sans s'apercevoir que les tirs diminuaient. Comme ce qui restait de Red ne suffisait pas à justifier l'occupation d'un brancard entier, il partagea sa dépouille avec celle d'un autre. Stuff, en revanche, avait eu droit à une civière pour lui tout seul et, tenant son bras arraché dans celui qui était indemne, il demeura allongé sur cette civière et y mourut avant que l'atroce douleur ne parvienne à son cerveau.

Ensuite, pendant des mois et des mois, Frank ne cessa de se dire : « Mais je les connais. Je les connais et ils me connaissent. » S'il entendait une plaisanterie que Mike aurait adorée, il tournait la tête pour la lui raconter – s'ensuivait un millième de seconde d'embarras avant qu'il ne se rende compte que Mike n'était pas là. Et jamais plus il n'entendrait ce rire

---

1. *Redneck* (« cou rouge ») est un terme péjoratif désignant les paysans du Sud, à la nuque rougie par le soleil à force de travailler en plein air.

fracassant, ni ne regarderait son ami divertir des chambrées entières par des histoires salaces et des imitations de stars de cinéma. Longtemps après avoir été démobilisé, il lui arrivait d'apercevoir le profil de Stuff dans une voiture arrêtée au milieu de la circulation, avant que le battement de cœur causé par le chagrin ne lui révèle sa méprise. Des souvenirs abrupts et incontrôlés mettaient une lueur humide dans son regard. Des mois durant, seul l'alcool fit fuir ses meilleurs amis, les morts qui rôdaient et qu'il ne pouvait plus entendre, avec lesquels il ne pouvait plus parler ni rire.

Mais avant cela, avant la mort de ses gars, il avait été témoin de l'autre. Celle de l'enfant venue fouiller dans les ordures, agrippant une orange, qui avait souri, puis dit « miam-miam » avant que le soldat ne lui fasse sauter la cervelle.

Assis dans le train en direction d'Atlanta, Frank prit brusquement conscience que ces souvenirs, aussi puissants fussent-ils, ne l'écrasaient plus ni ne le plongeaient dans une détresse paralysante. Il pouvait se rappeler tous les détails, tous les chagrins, sans avoir besoin d'alcool pour se calmer. Était-ce là le fruit de la sobriété ?

Juste après l'aube, tout près de Chattanooga, le train ralentit, puis s'arrêta, sans raison apparente. Il s'avéra bientôt qu'une réparation était nécessaire et qu'elle pourrait prendre une heure, peut-être plus. Quelques voyageurs grommelèrent, d'autres en profitèrent pour sortir se dégourdir les jambes, au mépris des instructions du contrôleur. Les passagers des wagons-lits s'éveillèrent et réclamèrent du café. Ceux des wagons-restaurants commandèrent de la nourriture et d'autres boissons. Le tronçon de voie sur lequel le train avait fait halte longeait un champ d'arachides, mais on apercevait un panneau signalant un entrepôt de ravitaillement deux ou trois cents mètres plus loin. Nerveux, mais non irritable, Frank se dirigea sans se presser vers l'entrepôt. Il était fermé à cette heure-ci, mais juste à côté était ouverte une petite boutique où l'on vendait du soda, du pain de mie, du tabac et autres produits dont raffolaient les gens du coin. *Don't Fence Me In* de Bing Crosby grésillait par le faible haut-parleur d'une radio. La femme derrière le comptoir était en fauteuil roulant, mais elle se déplaça jusqu'à la glacière, vive comme un colibri, pour en sortir la canette de Dr Pepper que Frank avait demandée. Il paya, lui fit un clin d'œil, reçut en échange un regard noir, puis alla boire sa limonade dehors. Le jeune soleil s'embrasait et peu d'éléments du paysage projetaient ou procuraient de l'ombre : uniquement l'entrepôt, la boutique et une maison délabrée, menaçant ruine, de l'autre côté de la route. Une Cadillac flambant neuve, dorée à la lumière du soleil, était garée devant. Frank traversa pour admirer la voiture. Ses feux arrière étaient effilés comme des nageoires de requin. Son pare-brise remontait largement au-dessus du capot. Comme il se rapprochait, il entendit des voix – des voix de femmes – qui juraient et grondaient derrière la maison. Il marcha sur le bas-côté en direction de ces hurlements, s'attendant à voir frimer un agresseur. Mais il y avait au sol deux femmes qui se bagarraient. Roulant çà et là, cognant du poing, agitant les pieds dans le vide, elles se battaient à même la terre. Leurs cheveux et vêtements étaient en désordre.

La surprise, pour Frank, ce fut un homme debout à côté d'elles, qui regardait en se curant les dents. Il se tourna à l'approche de Frank. C'était un homme grand et fort, dont le regard ne reflétait que l'ennui.

« Qu'est-ce que tu mates, bordel ? » Il n'avait pas retiré son cure-dents.

Frank se figea sur place. L'autre avança droit vers lui et le repoussa d'un coup dans la poitrine. Par deux fois. Frank lâcha sa canette et se précipita sur l'homme qui, faute d'agilité, comme tant d'hommes vraiment grands et forts, tomba immédiatement. Frank bondit sur le corps étendu à plat ventre et se mit à lui frapper le visage à coups de poing, pris d'une envie de lui enfoncer son cure-dents au fond de la gorge. Le frisson qui naissait à chaque coup était merveilleusement familier. Ne pouvant ni ne voulant s'arrêter, Frank s'acharnait, bien que l'homme eût perdu connaissance. Les femmes cessèrent de se griffer et tirèrent sur le col de Frank.

« Arrête ! crièrent-elles. T'es en train de le tuer. Espèce de fils de pute, lâche-le. »

Frank s'interrompit, puis se tourna pour regarder celles qui avaient sauvé son adversaire. L'une se pencha pour soutenir la tête de l'homme au creux de ses bras. L'autre essuya le sang qui coulait de son nez et prononça son nom : « Sonny. Sonny. Ah, chéri. » Puis elle se laissa tomber à genoux et tenta de ranimer son maquereau. Son corsage était déchiré dans le dos. Il était jaune vif.

Frank se releva et, tout en se massant les phalanges, rejoignit rapidement le train, tantôt au pas de course, tantôt en sautillant. L'équipe de mécaniciens l'ignora ou bien ne le vit pas. À l'intérieur, juste à la porte de la voiture de passagers, un employé des wagons-lits regarda ses mains tachées de sang et ses vêtements couverts de poussière, mais ne dit rien. Heureusement, comme les toilettes étaient près de l'entrée, Frank put reprendre son souffle et se débarbouiller avant de traverser le couloir. Une fois assis, Frank s'étonna de l'excitation, de la joie insensée que lui avait procurée cette bagarre. Elle ne ressemblait pas à la rage qui accompagnait les massacres en Corée, où ces accès de folie meurtrière étaient féroces, mais irréfléchis, anonymes. Cette violence-ci était personnelle dans le plaisir qu'elle engendrait. Bien, se dit-il. Il pourrait avoir besoin de ce frisson pour réclamer sa sœur.

11

Ses yeux. Vides, qui attendaient, toujours qui atten-
daient. Non pas patients, non pas désespérés, mais incer-
tains. Cee. Ycidra. Ma sœur. Ma seule famille, mainte-
nant. Quand vous l'écrirez, sachez ceci : elle a été une
ombre la plus grande partie de ma vie, une présence
marquant sa propre absence, ou peut-être la mienne.
Qui suis-je sans elle — cette fillette mal nourrie aux
yeux tristes qui attendaient ? Comme elle tremblait,
quand on s'est cachés en voyant les pelles. Je couvrais
son visage, ses yeux, en espérant qu'elle n'avait pas vu
le pied qui dépassait de la tombe.

La lettre disait : « Elle mourra. » J'ai traîné Mike
jusqu'à un abri et chassé les oiseaux, mais il est mort
quand même. Je me suis accroché à lui, je lui ai parlé
pendant une heure, mais il est mort quand même. J'ai
étanché le sang qui a fini par suinter de l'endroit où le
bras de Stuff aurait dû être. Ce bras, je l'ai retrouvé à
environ six mètres et je le lui ai donné au cas où on
pourrait le recoudre. Il est mort quand même. Fini,
les gens que je n'ai pas sauvés. Fini, regarder mourir
les gens qui m'étaient proches. Fini.

Et pas ma sœur. Impossible.

C'est la première personne dont je me sois jamais

chargé. *Tout au fond d'elle-même vivait l'image secrète que j'avais de moi-même — moi bien fort, enchaîné au souvenir de ces chevaux et de l'enterrement d'un inconnu. Protéger Cee, trouver un chemin à travers l'herbe haute et sortir de cet endroit, n'avoir peur de rien — pas des serpents ni des vieillards insensés. Je me demande si le fait d'y arriver n'a pas été le germe enfoui de tout le reste. Dans mon cœur de petit garçon, je me sentais héroïque et je savais que, s'ils nous trouvaient ou s'ils la touchaient, je serais prêt à tuer.*

12

Frank longea Auburn Street, de l'autre côté de la gare de Walnut Street. Une coiffeuse, une cuisinière de plats rapides, une femme du nom de Thelma – pour finir, il obtint la marque de la voiture et le nom d'un chauffeur de taxi sans licence qui l'emmènerait peut-être jusqu'au lieu de travail de Cee, en banlieue. Arrivé en retard suite à l'incident près de Chattanooga, il passa la journée à arpenter Auburn Street pour recueillir des renseignements. À présent, il était trop tard. Le chauffeur de taxi ne serait pas à son poste avant les premières heures du lendemain. Frank décida de s'acheter quelque chose à manger, de se promener un moment, puis de chercher un endroit où dormir.

Il marcha sans se presser jusqu'au crépuscule et se dirigeait vers le Royal Hotel lorsque de jeunes apprentis gangsters lui sautèrent dessus.

Il aimait bien Atlanta. Contrairement à Chicago, ici, le rythme de la vie quotidienne était humain. Apparemment, il y avait le temps dans cette ville. Le temps de se rouler une cigarette bien comme il faut, le temps d'observer les légumes avec l'œil d'un tailleur de diamants. Et le temps, pour les vieillards, de se rassembler devant la vitrine d'un magasin sans rien faire, sinon regarder passer leurs rêves : les splendides voitures des criminels et le déhanchement des femmes. Le temps, aussi, de s'informer les uns les autres, de prier les uns pour les autres et de châtier les enfants sur les bancs d'une centaine d'églises. Ce fut cette tendresse amusée qui conduisit Frank à baisser la garde. Il avait affronté beaucoup de mauvais souvenirs, mais pas de fantômes ni de cauchemars depuis deux jours et il mourait d'envie de café noir le matin, non du coup de fouet que le whisky lui donnait jadis au réveil. Ainsi, la nuit précédant l'aube où le taxi clandestin serait disponible, il flâna dans les rues en prenant note de ce qu'il voyait sur son chemin jusqu'à l'hôtel. S'il avait été vigilant au lieu de rêver, il aurait reconnu cette odeur d'essence et de marie-jeanne, l'allure rapide et silencieuse de chaussures de tennis, ainsi que le souffle d'une bande – l'odeur d'enfants effrayés qui comptaient sur le courage du groupe. Non pas le courage militaire, mais celui du terrain de jeu. À l'entrée d'une ruelle.

Mais tous ces indices lui échappèrent et deux des cinq traîtres lui saisirent les bras par-derrière. Il se servit de son pied pour écraser celui de l'un de ses adversaires ; dans l'espace laissé par le garçon tombé en hurlant, Frank pivota et brisa la mâchoire de l'autre avec son coude. C'est alors que l'un des trois derniers lui asséna un coup de tuyau sur la tête. Frank s'écroula et, dans le trouble engendré par la douleur, sentit la fouille au corps suivie de pas qui s'éloignaient en boitant ou en courant. Il se dirigea vers la rue à plat ventre et s'assit contre un mur, dans le noir, jusqu'à ce que sa vision s'éclaircisse.

« Besoin d'aide ? » La silhouette d'un homme encadrée par la lumière d'un réverbère se dressait devant lui.

« Quoi ? Ah.

— Ici. » L'homme tendit la main pour aider Frank à se relever.

Comme il tâtait ses poches, bien qu'encore tremblant, Frank lança un juron. « Merde. » Ils lui avaient volé son portefeuille. Il se frotta l'arrière du crâne en faisant une grimace.

« Tu veux que j'appelle les flics ou non ?

— Putain, non ! Enfin, non, mais merci.

— Bon, prends ça » L'homme lui fourra quelques billets d'un dollar dans la poche de sa veste.

« Ah, merci. Mais je n'ai pas besoin de…

— Laisse tomber, mon frère. T'écarte pas de la lumière. »

Plus tard, assis dans un restaurant ouvert toute la nuit, Frank se souvint de la longue queue-de-cheval du Samaritain, qui capturait la lumière d'un réverbère. Il abandonna l'espoir d'une bonne nuit de sommeil à l'hôtel. Comme il avait les nerfs tendus, prêts à lâcher, il choisit de rester aussi longtemps que possible dans le restaurant à jouer avec son assiette d'œufs et sa tasse de café noir. Ça n'allait pas. Si seulement il avait une voiture, mais Lily refusait d'en entendre parler. Elle avait d'autres projets. Pendant qu'il piquait sa fourchette dans ses œufs, son esprit s'arrêta sur ce que Lily devait être en train de faire, de penser. Elle avait eu l'air soulagé qu'il parte. Et, à vrai dire, lui aussi. Il était désormais convaincu que son attachement à elle avait été thérapeutique, comme avaler de l'aspirine. En réalité, qu'elle le sache ou non, Lily avait déplacé son désarroi, sa rage et sa honte. Ces déplacements l'avaient persuadé que le naufrage sentimental n'existait plus. En fait, il attendait son heure.

Fatigué et mal à l'aise, Frank quitta le restaurant et déambula dans les rues ; il s'arrêta brusquement en entendant un hurlement de trompette. Le son provenait du bas d'un petit escalier qui s'achevait devant une porte à moitié ouverte. Des voix approbatrices soulignaient le cri de l'instrument et si quelque chose pouvait refléter l'humeur de Frank, c'était cette note. Il entra. Il préférait le be-bop au blues et aux chansons d'amour qui rendent heureux. Après Hiroshima, les musiciens avaient compris aussi vite que quiconque que la bombe de Truman avait tout changé et que seuls le scat et le be-bop parvenaient à dire comment. À l'intérieur de la salle, petite et enfumée, une douzaine de spectateurs très attentifs faisaient face à un trio : trompette, piano et percussions. Le morceau n'en finissait pas et, hormis quelques-uns qui hochaient la tête, personne ne bougeait. La fumée flottait dans la pièce, les minutes s'écoulaient. Le visage du pianiste était luisant de sueur, comme celui du trompettiste. Celui du percussionniste, cependant, était sec. À l'évidence, il n'y aurait pas de conclusion à ce morceau : il ne s'arrêterait que quand un musicien serait enfin épuisé, quand le trompettiste écarterait l'instrument de sa bouche et que le pianiste taquinerait les touches avant d'exécuter une dernière séquence. Mais quand vint ce moment, quand le pianiste et le trompettiste eurent terminé, le percussionniste jouait encore. Il n'en finissait pas. Au bout d'un moment, les autres musiciens se tournèrent pour le regarder et reconnurent ce qu'ils avaient dû voir précédemment : le percussionniste avait perdu tout contrôle. C'était le rythme qui décidait. Au terme de longues minutes, le pianiste se leva et le trompettiste posa son instrument. Tous deux soulevèrent le percussionniste de son siège et l'emmenèrent, ses baguettes battant toujours un rythme à la fois complexe et silencieux. Le public applaudit en témoignage de respect et de compréhension. Suite à ces applaudissements, une femme en robe bleu vif et un autre pianiste entrèrent en scène. Elle chanta quelques mesures de *Skylark*, puis entonna un scat qui égaya tout le monde.

Frank sortit lorsque la salle se vida. Il était quatre heures du matin, deux heures avant l'arrivée prévue de monsieur le Taxi clandestin. Son mal de tête étant moins accablant, il s'assit sur le trottoir pour attendre. Le taxi ne vint jamais.

Pas de voiture, pas de taxi, pas d'amis, pas de renseignements, pas d'idée – trouver un moyen de transport reliant la ville à la banlieue dans ces quartiers était plus éprouvant que d'affronter un champ de bataille. Il était sept heures et demie lorsqu'il monta à bord d'un bus rempli de travailleurs de jour taciturnes, de ménagères, de bonnes et de jeunes garçons employés à tondre les pelouses. Une fois passé le quartier commerçant de la ville, ils descendirent un par un tels des plongeurs pénétrant de mauvaise grâce dans une eau bleue engageante, bien au-dessus de la pollution en contrebas. Parvenus au fond, ils chercheraient partout les débris, les ordures, réapprovisionneraient les récifs et repousseraient vers le bas les prédateurs nageant entre les algues dentelées.

Ils nettoieraient, cuisineraient, serviraient, surveilleraient, blanchiraient, désherberaient et tondraient.

Tandis qu'il cherchait le panneau indiquant la rue où il devait se rendre, Frank était traversé par des pensées de violence alternant avec d'autres, de prudence. Il n'avait aucune idée de ce qu'il ferait une fois arrivé à l'endroit où se trouvait Cee. Peut-être que, comme pour le percussionniste, ce serait le rythme qui déciderait. Peut-être qu'il serait lui aussi escorté vers la sortie en agitant désespérément les bras, prisonnier de ses propres efforts. À supposer qu'il n'y ait personne à la maison. Il lui faudrait enfoncer la porte. Il ne pouvait laisser les choses lui échapper au point que Cee se retrouve en danger. À supposer – mais à quoi bon supposer en terrain inconnu. Au moment où il vit le panneau qu'il cherchait, il était trop tard pour tirer sur la sonnette. Il se calma tout en remontant plusieurs pâtés de maisons avant d'arriver face à la pancarte plantée sur la pelouse devant la maison du docteur Beauregard Scott. Près des marches, un cornouiller était en fleur ; ses pétales, blancs comme neige autour d'un cœur pourpre. Il se demanda s'il devait frapper à la porte d'entrée ou à celle de derrière. La prudence suggérait celle de derrière.

« Où est-elle ? »

La femme qui ouvrit la porte de la cuisine ne lui posa pas de questions. « En bas, répondit-elle.

— Vous êtes Sarah ?

— Oui. Soyez aussi discret que possible. » Elle désigna du menton l'escalier qui menait au cabinet du docteur et à la chambre de Cee.

Quand Frank parvint au bas des marches, il vit

par une porte ouverte un petit homme aux cheveux blancs, assis à un vaste bureau. L'homme leva la tête.

« Quoi ? Qui êtes-vous ? » Le docteur écarquilla les yeux, puis les plissa en constatant l'affront que représentait l'intrusion d'un étranger. « Sortez d'ici ! Sarah ! Sarah ? »

Frank se rapprocha du bureau.

« Il n'y a rien à voler ici ! Sarah ! » Le docteur tendit le bras pour prendre le téléphone. « J'appelle la police. Immédiatement ! » Il avait l'index sur le zéro du cadran lorsque Frank fit tomber l'appareil de sa main.

Connaissant désormais tout à fait la nature de la menace, le docteur ouvrit le tiroir de son bureau et en sortit un revolver.

Calibre 9 millimètres, se dit Frank. Jamais utilisé, tout léger. Mais la main qui le tenait était tremblante.

Le docteur leva le revolver et le pointa sur ce qui, dans sa peur, aurait dû être des narines dilatées, une bouche écumante et les yeux cerclés de rouge d'un sauvage. Il vit à la place le visage calme, voire serein, d'un homme avec lequel on ne plaisantait pas.

Il appuya sur la détente.

Le déclic qui eut lieu dans la chambre vide de l'arme était à la fois infime et tonitruant. Le docteur lâcha le revolver et courut autour du bureau, passa devant l'intrus et monta l'escalier. « Sarah ! cria-t-il. Appelle la police, enfin ! C'est toi qui l'as laissé entrer ici ? »

Le docteur Beau courut jusqu'au fond du vestibule, où un téléphone était posé sur une petite table. Juste à côté se tenait Sarah, la main fermement appuyée sur le support du combiné. Impossible de se méprendre sur ses intentions.

Pendant ce temps, Frank entrait dans la chambre où sa sœur gisait inerte, minuscule dans son uniforme blanc. Endormie ? Il tâta son pouls. Léger ou inexistant ? Il se pencha pour entendre si elle respirait ou non. Elle était fraîche au toucher, rien des premières tiédeurs de la mort. Frank connaissait la mort et ce n'était pas cela – jusqu'à présent. En jetant un rapide coup d'œil autour de la petite chambre, il remarqua une paire de chaussures blanches, un bassin hygiénique et le sac à main de Cee. Il fouilla dans le porte-monnaie et enfouit dans sa poche les vingt dollars qu'il y trouva. Puis il s'agenouilla au chevet de Cee, glissa les bras sous ses épaules et ses genoux, la souleva délicatement et l'emmena au rez-de-chaussée.

Sarah et le docteur se trouvaient prisonniers d'un regard indéchiffrable. Tandis que Frank les contournait, portant son fardeau inerte, le docteur Beau lui lança un regard de soulagement teinté de colère. Aucun vol. Aucune violence. Aucun mal. Juste l'enlèvement d'une domestique qu'il pouvait facilement remplacer, même si, connaissant sa femme, il n'oserait pas remplacer Sarah – pas encore, en tout cas.

« N'aie pas la main trop lourde, lui dit-il.

— Non, docteur », répondit Sarah, mais sa main demeura fermement appuyée sur le téléphone jusqu'à ce que le docteur redescende l'escalier menant à son cabinet.

Après avoir enfin trouvé et franchi en douceur la porte d'entrée, puis gagné le trottoir, Frank se retourna pour jeter un coup d'œil à la maison et vit Sarah debout sur le seuil, à l'ombre des fleurs du cornouiller. Elle agita la main. Au revoir – à Cee et à lui, ou peut-être à son emploi.

Sarah resta un moment à les regarder tous les deux disparaître au bout du passage pour piétons. « Dieu soit loué », murmura-t-elle en songeant qu'un jour de plus et il aurait certainement été trop tard. Elle s'en voulait presque autant qu'elle en voulait au docteur Beau. Elle savait qu'il faisait des piqûres, administrait à ses malades des potions qu'il concoctait lui-même et pratiquait quelquefois des avortements sur des dames de la haute société. Rien de cela ne la dérangeait ni ne l'inquiétait. Ce qu'elle ignorait, c'était à quel moment il s'était tant intéressé aux utérus en général et avait élaboré des instruments pour voir toujours plus loin à l'intérieur. Amélioré le spéculum. Mais quand elle avait remarqué la perte de poids, la fatigue et la durée des règles de Cee, elle avait eu suffisamment peur pour écrire au seul parent dont Cee avait l'adresse. Les jours passaient. Faute de savoir si son mot effrayant était parvenu, Sarah s'armait de courage pour dire au docteur qu'il devait appeler une ambulance lorsque le frère avait frappé à la porte de la cuisine. Dieu soit loué. Exactement comme le disaient les vieilles gens : pas quand tu L'appelles ; pas quand tu Le réclames ; seulement quand tu as besoin de Lui et à point nommé. Elle se dit que si la fille mourait, ce ne serait pas sous sa responsabilité dans la maison du docteur. Ce serait dans les bras de son frère.

Des fleurs de cornouiller, flétries par la chaleur, tombèrent au moment où Sarah ferma la porte.

Frank mit Cee debout, puis passa le bras droit de sa sœur autour de son cou. La tête sur l'épaule de Frank, les pieds qui n'imitaient même pas le mouvement de la marche, elle était légère comme une plume. Frank parvint à l'arrêt de bus et attendit ce qui lui sembla une éternité. Il passa le temps en comptant les arbres fruitiers dans pratiquement tous les jardins – poiriers, cerisiers, pommiers et figuiers.

Il y avait très peu de monde dans l'autobus qui retournait en ville ; Frank fut soulagé d'être relégué à l'arrière, où les banquettes leur offraient de l'espace à tous les deux et protégeaient les passagers de la vue d'un homme qui portait, traînait, une femme visiblement battue et soûle.

Quand ils descendirent de l'autobus, il lui fallut un moment pour repérer un taxi clandestin stationné loin de la file de véhicules agréés qui attendaient, et plus longtemps encore pour convaincre le chauffeur d'accepter la probable détérioration de sa banquette arrière.

« Elle est morte ?

— Conduis.

— Je conduis, mon frère, mais j'ai besoin de savoir si je vais en taule ou non.

— J'ai dit : conduis.

— On va où ?

— Lotus. À trente kilomètres sur la 54.

— Ça va te coûter une somme.

— T'inquiète pas pour ça. » Mais Frank, lui, était inquiet. Cee semblait à l'article de la mort. À la peur de Frank se mêlait la profonde satisfaction qu'entraînait cette opération de sauvetage, non seulement parce qu'elle avait réussi, mais aussi parce qu'elle avait été pour l'essentiel sans violence. Ç'aurait pu être tout bonnement : « Puis-je ramener ma sœur à la maison ? » Mais le docteur s'était senti menacé dès que Frank avait franchi la porte.

Pourtant, ne pas avoir à tabasser l'ennemi pour obtenir ce qu'il voulait était légèrement supérieur – du genre malin, disons.

« Moi, je trouve qu'elle a pas l'air très bien, dit le chauffeur.

— Regarde où tu vas, vieux. La route devant toi, elle est pas dans ton rétroviseur.

— C'est ce que je fais, non ? La vitesse est limitée à 80, tu sais. Je veux pas d'ennuis avec les flics.

— Si tu la boucles pas, la police sera la meilleure chose qui puisse t'arriver. » La voix de Frank était sévère, mais il dressait l'oreille, à l'affût d'un hurlement de sirène.

« Elle saigne sur ma banquette ? Faudra que tu me payes un supplément si elle bousille ma banquette arrière.

— Tu dis encore un mot, un seul, et t'auras pas un rond, putain. »

Le chauffeur alluma la radio. Lloyd Price, débordant de joie et de bonheur, chantait à pleine voix *Lawdy Miss Clawdy*.

Sans connaissance, gémissant de temps à autre, la peau désormais brûlante au toucher, Cee était un poids mort, si bien que Frank eut du mal à fouiller dans ses poches pour prendre l'argent de la course. La portière du taxi s'était à peine refermée que poussière et cailloux volèrent derrière les pneus, alors que le chauffeur s'élançait aussi vite et aussi loin que possible de Lotus et de ses dangereux habitants, des péquenauds complètement cinglés.

Les orteils de Cee effleuraient le gravier tandis que le dessus de ses pieds traînait sur la route étroite conduisant à la maison de Mlle Ethel Fordham. Frank souleva de nouveau sa sœur, puis, la portant tout contre lui dans ses bras, gravit les marches de la galerie. Debout sur la route qui passait devant le jardin, un groupe d'enfants regardait une fille frapper comme une pro dans une balle retenue à sa raquette par un élastique. Ils tournèrent les yeux vers l'homme et son fardeau. Un beau chien noir allongé près de la fille se leva et parut s'intéresser davantage à cette scène qu'aux enfants. Considérant l'homme et la femme parvenus à la galerie de Mlle Ethel, ils restèrent bouche bée. Un garçon montra du doigt le sang qui tachait l'uniforme blanc et ricana. La fille lui donna un coup de raquette sur la tête en disant : « La ferme ! » Elle reconnaissait en l'homme celui qui, longtemps auparavant, lui avait fabriqué un collier pour sa petite chienne.

Un panier de haricots verts était posé près d'une chaise. Sur une petite table se trouvaient un bol et un couteau à éplucher. Par la porte-moustiquaire, Frank entendit chanter. « Plus près de toi mon Dieu… »

« Mademoiselle Ethel ? Vous êtes là ? cria-t-il. C'est moi. Smart Money. Mademoiselle Ethel ? »

Le chant s'interrompit et Ethel Fordham regarda par la porte-moustiquaire non pas Frank, mais la forme indistincte qu'il portait dans ses bras. Elle fronça les sourcils. « Ycidra ? Ah, petite. »

Frank ne pouvait expliquer, ni n'essaya. Il aida Mlle Ethel à coucher Cee, après quoi elle lui dit d'attendre dehors. Elle retroussa l'uniforme et écarta les jambes de Cee.

« Seigneur, ayez pitié, murmura-t-elle. Elle est en feu. » Puis, au frère qui s'attardait : « Va me couper ces haricots, Smart Money. J'ai du travail à faire. »

13

Le temps était si lumineux, plus lumineux qu'à son souvenir. Ayant absorbé tout le bleu du ciel, le soleil se prélassait dans un paradis blanc, menaçait Lotus, torturait son paysage, mais échouait, échouait, sans cesse échouait à le réduire au silence : des enfants riaient encore, couraient, criaient leurs jeux ; des femmes chantaient dans les jardins à l'arrière des maisons tout en accrochant des draps humides sur des cordes à linge ; de temps à autre, une soprano était rejointe par une voisine alto ou bien un ténor qui ne faisait que passer par là. « Emmène-moi vers les flots. Emmène-moi vers les flots. Emmène-moi vers les flots. Pour me faire baptiser. » Frank n'avait pas emprunté cette route de terre depuis 1949, ni foulé les planches de bois recouvrant les endroits dévastés par la pluie. Il n'y avait pas de trottoirs, mais chaque jardin, devant comme derrière les maisons, exhibait des fleurs protégeant les légumes des maladies et des prédateurs : soucis, capucines, dahlias. Cramoisis, violets, roses et bleu de Chine. Ces arbres avaient-ils toujours été de ce vert profond, tellement profond ? Le soleil s'évertuait à consumer la paix bénie que l'on trouvait sous les vieux arbres au vaste feuillage ; s'évertuait à anéantir le plaisir d'être parmi ceux qui ne veulent pas vous rabaisser ni vous détruire. Il avait beau essayer, il n'arrivait pas à faire fuir les papillons jaunes des rosiers écarlates, ni à étouffer les chants des oiseaux. Sa chaleur punitive ne perturbait pas M. Fuller et son neveu, assis sur le plateau d'un camion – le garçon, à l'harmonica ; l'homme, au banjo à six cordes. Le neveu balançait ses pieds nus ; l'oncle marquait le rythme en frappant de sa botte gauche. Il était enveloppé de couleur, de silence et de musique.

Ce sentiment de sécurité et de bienveillance était exagéré, il le savait, mais le fait de le savourer était bien réel. Il se persuadait que sur un gril de jardin, quelque part, tout près, grésillaient des côtes de porc et qu'à l'intérieur de la maison, il y avait de la salade de pommes de terre, du coleslaw, et aussi des petits pois précoces. Un quatre-quarts mis à refroidir sur le dessus d'un réfrigérateur. Et il était certain qu'au bord de la rivière que l'on appelait « le Misérable » pêchait une femme coiffée d'un chapeau d'homme. Pour avoir de l'ombre et être à l'aise, elle serait assise au pied du laurier, celui dont les branches s'étiraient comme des bras.

Quand il eut gagné les champs de coton au-delà de Lotus, il vit s'étendre des hectares de fleurs roses sous le soleil malveillant. Elles deviendraient rouges et tomberaient quelques jours plus tard pour laisser sortir les jeunes graines. Le planteur aurait besoin d'aide pour le sarclage précédant la dernière culture ; Frank serait alors dans les rangs, et de nouveau pour la récolte, le moment venu. Comme tout travail forcé, la récolte du coton brisait le corps mais rendait l'esprit libre pour des rêves de vengeance, des images de plaisir illégal – voire d'ambitieux projets d'évasion. Ces grandes pensées étaient entrecoupées par les petites. Un autre médicament pour le bébé ? Que faire pour le pied d'un oncle, tellement enflé qu'il ne peut pas le faire rentrer dans sa chaussure ? Est-ce que le propriétaire se contentera de la moitié du loyer cette fois-ci ?

En attendant l'embauche, tout ce à quoi songeait Frank était la question de savoir si sa sœur allait mieux ou plus mal. Son patron à Atlanta avait fait quelque chose – quoi, il l'ignorait – à son corps et elle luttait contre une fièvre qui refusait de baisser. Que la racine d'acore sur laquelle comptait Mlle Ethel restait sans effet, il le savait fort bien. Mais c'était tout ce qu'il savait, car toutes les femmes du voisinage lui interdisaient l'accès à la chambre de la malade. Sans la petite Jackie, il n'aurait rien su du tout. Ce fut de sa bouche qu'il apprit que, selon elles, sa présence masculine aggraverait l'état de sa sœur. Jackie lui dit que les femmes soignaient Cee à tour de rôle et que chacune avait une recette différente pour la guérir. Le point sur lequel toutes s'accordaient était l'absence de Frank à son chevet.

Voilà qui expliquait pourquoi Mlle Ethel ne voulait même pas de lui sur sa galerie.

« Va-t'en quelque part, lui dit-elle, et restes-y jusqu'à ce que je t'envoie chercher. »

Frank trouva que la femme avoir l'air sérieusement affolé. « Ne la laissez pas mourir, dit-il. Vous m'entendez ?

— Sors, ordonna-t-elle en lui faisant signe de s'éloigner. Tu ne sers à rien, monsieur Smart Money, pas avec cette mauvaise disposition d'esprit. Va-t'en, j'ai dit. »

Aussi s'occupa-t-il à nettoyer et réparer la maison de ses parents, qui était vide depuis la mort de son père. Avec le peu qui restait de l'argent caché dans sa chaussure et le reliquat du salaire de Cee, il avait juste de quoi la remettre en location pour quelques mois. Il fouilla dans un trou près du fourneau et en sortit la boîte d'allumettes. Les deux dents de lait de Cee étaient toutes petites à côté de ses billes gagnantes : une bleu vif, une ébène et sa préférée, une arc-en-ciel. La montre Bulova était toujours là. Pas de remontoir, pas d'aiguilles – la manière dont fonctionnait le temps à Lotus : pur et sujet à interprétation de la part de n'importe qui.

Sitôt que les fleurs commencèrent à tomber, Frank longea les rangées de coton jusqu'à la remise que le directeur de la plantation appelait son bureau. Jadis, il détestait cet endroit. Les tempêtes de poussière qui s'y formaient en période de jachère, les guerres contre les thrips et la chaleur aveuglante. Petit garçon affecté à la sale besogne pendant que ses parents étaient loin, dans les champs rentables, la fureur lui desséchait la bouche. Il sabordait le travail autant que possible afin d'être renvoyé. Ce qui arriva. Les réprimandes de son père n'avaient aucune d'importance, parce que Cee et lui étaient libres d'inventer des façons d'occuper ce temps éternel de l'époque où le monde était neuf.

Si elle mourait parce qu'un médecin arrogant et mauvais l'avait découpée en morceaux, les souvenirs de guerre pâliraient, comparés à ce qu'il lui ferait. Même si ça lui prenait jusqu'à la fin de ses jours, même s'il passait le restant de sa vie en prison. Il avait beau avoir vaincu un ennemi sans faire couler de sang, en imaginant la mort de sa sœur, il rejoignait les autres cueilleurs de coton qui élaboraient une douce vengeance sous le soleil.

On était à la fin juin lorsque Mlle Ethel envoya Jackie lui dire qu'il pouvait venir, et c'est en juillet que Cee fut assez d'aplomb pour s'installer dans la maison de ses parents.

Cee n'était plus la même. Deux mois passés au milieu de campagnardes qui aimaient chichement l'avaient transformée. Ces femmes traitaient la maladie comme s'il s'agissait d'une insulte, d'un fanfaron envahissant et interdit de séjour, auquel il fallait donner le fouet. Elles ne perdaient pas leur temps, ni n'en faisaient perdre à la malade, en témoignages de compassion et accueillaient les larmes de souffrance avec un mépris résigné.

D'abord, les saignements : « Écarte les genoux. Ça va faire mal. Silence. Chut, j'ai dit. »

Ensuite, l'infection : « Bois ça. Si tu dégobilles, faut que t'en reprennes, alors évite. »

Puis la guérison. « Arrête ça. Ça brûle, c'est que ça cicatrise. Tais-toi. »

Plus tard, lorsque la fièvre s'évanouit et que la douche vaginale eut éliminé tout ce que ces femmes avaient introduit en elle, Cee leur décrivit le peu qu'elle savait de ce qui lui était arrivé. Aucune des femmes n'avait posé de questions. Une fois qu'elles surent que Cee avait travaillé pour un médecin, roulements d'yeux et claquements de langue suffirent à exprimer leur mépris. Et rien dont Cee se souvenait – le plaisir éprouvé au réveil après que le docteur

Beau l'eut piquée avec une aiguille pour l'endormir ; sa croyance que les saignements et la douleur qui avaient suivi étaient un problème menstruel ; la confiance absolue du docteur en la valeur des examens – rien ne les fit changer d'avis quant à l'industrie médicale.

« Les hommes reconnaissent un pot de chambre quand ils en voient un.

— T'es pas une mule, pour tirer le chariot d'un méchant docteur.

— Qui t'a dit que t'étais zéro ?

— T'es une chiotte ou une femme ?

— Comment est-ce que j'étais censée savoir ce qu'il mijotait ? dit Cee, qui tentait de se défendre.

— Le malheur s'annonce pas. C'est pour ça qu'il faut que tu restes éveillée, sinon il franchit ta porte, c'est tout.

— Mais…

— Mais rien. T'es assez bonne pour Jésus. C'est tout ce que t'as besoin de savoir. »

À mesure qu'elle guérissait, les femmes changèrent de tactique et cessèrent leurs réprimandes. Désormais, elles apportaient leur broderie ou leur crochet, et finirent par utiliser la maison d'Ethel Fordham comme endroit où se réunir pour fabriquer leurs courtepointes : ignorant ceux qui préféraient les couvertures neuves et moelleuses, elles mettaient en pratique ce que leur avait enseigné leurs mères durant cette période que les riches appelaient la Grande Crise et eux, la vie. Au beau milieu de leurs allées et venues, tandis qu'elle écoutait leurs propos, leurs chansons, suivait leurs instructions,

Cee n'avait rien à faire hormis leur prêter l'attention qu'elle ne leur avait jamais accordée auparavant. Elles ne ressemblaient nullement à Lenore, qui avait mené la vie dure à Salem et qui, ayant souffert une attaque mineure, ne faisait plus rien du tout. Bien que ses infirmières fussent chacune sensiblement différentes les unes des autres, par leur physique, leur mise, leur façon de parler et de se nourrir ou leurs préférences médicales, leurs similarités étaient flagrantes. Il n'y avait rien de superflu dans leur jardin car elles partageaient tout. Il n'y avait pas d'ordures ni de déchets dans leur maison car elles savaient faire usage de tout. Elles assumaient la responsabilité de leur vie et de toute autre chose ou toute autre personne ayant besoin d'elles. Le manque de bon sens les irritait mais ne les surprenait pas. La paresse était plus qu'intolérable à leurs yeux : elle était inhumaine. Que l'on fût au champ, à la maison ou dans son propre jardin, il fallait s'occuper. Le sommeil n'était pas fait pour rêver : il servait à rassembler des forces pour le jour à venir. La conversation s'accompagnait de tâches : repasser, éplucher, écosser, trier, coudre, réparer, laver ou soigner. On ne pouvait apprendre la vieillesse, mais l'âge adulte était là pour tous. Le deuil était utile, mais Dieu valait mieux et elles ne voulaient pas retrouver leur Créateur en ayant à rendre compte d'une existence vécue en vain. Elles savaient qu'Il poserait à chacune d'elles une seule question : « Qu'as-tu fait ? »

Cee se rappelait que l'un des fils d'Ethel Fordham avait été assassiné dans le Nord, à Detroit. Maylene Stone ne voyait que d'un œil, le second ayant été crevé par un éclat de bois à la scierie. Aucun médecin n'était disponible, ni n'avait été prié de venir. Hanna Rayburn et Clover Reid, rendue boiteuse par la polio, avaient toutes deux rejoint leurs frères et maris pour traîner du bois jusqu'à leur église ravagée par la tempête. Un certain mal, croyaient-elles, était incorrigible, aussi valait-il mieux laisser le Seigneur se charger de le détruire. D'autres genres de mal pouvaient être atténués. La question était de connaître la différence.

L'ultime étape de la guérison de Cee avait été pour elle la pire. Elle devait subir les rayons du soleil, ce qui signifiait passer au moins une heure par jour les jambes largement écartées face au soleil flamboyant. Chacune des femmes s'accordait à dire que cette étreinte la débarrasserait de tout reste de maladie utérine. Embarrassée et outrée, Cee refusa. À supposer que quelqu'un, un enfant, un homme, la voie s'étaler comme ça ?

« Personne va te regarder, dirent-elles. Et quand bien même ? Qu'est-ce que ça peut faire ?

— Tu crois que ton con, c'est du nouveau ?

— Arrête de te tracasser, lui conseilla Ethel Fordham. Je serai dehors avec toi. L'important, c'est d'avoir un traitement permanent. Du genre qui dépasse le pouvoir humain. »

C'est ainsi que, détournant le visage tant elle était gênée, Cee s'allongeait en appui sur des oreillers au bord de la minuscule galerie à l'arrière de la maison d'Ethel, sitôt que les violents rayons du soleil pointaient dans cette direction. Chaque fois, elle recroquevillait les orteils et contractait les jambes sous l'effet de la colère et de l'humiliation.

« S'il vous plaît, mademoiselle Ethel. Je ne peux pas continuer à faire ça.

— Ah, tais-toi, petite. » Ethel perdait patience.
« À ce que je sache, une fois sur deux, quand tu
écartais les jambes, on te jouait des tours. Tu crois
que le soleil aussi va te trahir ? »

La quatrième fois, elle se détendit bel et bien,
puisqu'il était si fatiguant de se raidir une heure
durant. Elle oublia de se demander si quelqu'un
regardait à travers les tiges de maïs nain du jardin
d'Ethel ou se cachait derrière les sycomores au-delà.
Si les dix jours de cet abandon face au soleil firent
ou non du bien à ses parties intimes, elle ne le sau-
rait jamais. Ce qui suivit la dernière heure passée
à subir ses rayons, lorsqu'elle eut la permission de
s'asseoir pudiquement dans un fauteuil à bascule,
ce fut l'amour exigeant d'Ethel Fordham, ce qui la
consolait et la fortifiait le plus.

La femme approcha une chaise de celle de Cee,
sur la galerie. Elle posa sur la table qui les séparait
une assiette de biscuits encore fumants et un pot de
confiture de mûres. Ce furent les premiers aliments
non thérapeutiques que Cee fut autorisée à manger,
et sa première bouchée de nourriture sucrée. Les yeux
rivés sur son jardin, Ethel parla tout doucement.

« Je te connaissais avant que tu saches mettre
un pied devant l'autre. Tu avais ces grands yeux
superbes. Ils étaient pleins de tristesse, pourtant. Je
t'ai vue traîner avec ton frère. Quand il est parti, tu
t'es enfuie avec ce type qui fait honte à la Création.
Maintenant, tu es rentrée chez toi. Guérie, finale-
ment, mais tu pourrais aussi bien encore t'enfuir.
Ne me dis pas que tu vas encore laisser Lenore décider de qui tu es ? Si tu réfléchis bien, laisse-moi
d'abord te dire une chose. Tu te souviens de cette

histoire sur la poule aux œufs d'or ? Que le fermier a pris les œufs et que l'avarice l'a rendu assez stupide pour qu'il tue la poule ? Moi, j'ai toujours pensé qu'une poule morte pouvait faire au moins un bon repas. Mais l'or ? Mince ! C'était toujours la seule chose que Lenore avait en tête. Elle l'avait, l'adorait et elle croyait qu'il la plaçait au-dessus de tous les autres. Exactement comme le fermier. Pourquoi est-ce qu'il n'a pas labouré sa terre, semé et cultivé quelque chose à manger ? »

Cee éclata de rire, puis étala de la confiture sur un autre biscuit.

« Tu vois ce que je veux dire ? Ne compte que sur toi-même. Tu es libre. Rien ni personne n'est obligé de te secourir à part toi. Sème dans ton propre jardin. Tu es jeune, tu es une femme, ce qui implique de sérieuses restrictions dans les deux cas, mais tu es aussi une personne. Ne laisse pas Lenore ni un petit ami insignifiant, et sûrement pas un médecin démoniaque, décider qui tu es. C'est ça, l'esclavage. Quelque part au fond de toi, il y a cette personne libre dont je parle. Trouve-la et laisse-la faire du bien dans le monde. »

Cee trempa le doigt dans le pot de confiture, puis le lécha.

« Je ne vais nulle part, mademoiselle Ethel. C'est ici qu'est ma place. »

Quelques semaines plus tard, debout aux fourneaux, Cee enfonçait de jeunes feuilles de chou dans une marmite d'eau tout juste bouillante où mijotaient deux jarrets de porc. Lorsque Frank eut quitté son travail et qu'il ouvrit la porte, il remarqua une fois encore combien elle respirait la santé : la peau luisante, le dos droit, non voûté par aucune gêne.

« Hé, dit-il. Ben dis donc !

— Pas l'air bien ?

— Si, t'as l'air bien. Tu te sens mieux ?

— Et comment ! Beaucoup, beaucoup mieux. Tu as faim ? Ça, c'est un repas qui compte pour rien. Tu veux que j'attrape une poule ?

— Non, quoi que tu cuisines, ça ira.

— Je sais qu'avant tu aimais le pain à la poêle que faisait Maman. Je vais en préparer.

— Tu veux que je coupe ces tomates en rondelles ?

— Euh, oui.

— Qu'est-ce que c'est que toutes ces affaires sur le canapé ? » Une pile de bouts de tissu s'y trouvait depuis plusieurs jours.

« Des chutes pour faire une courtepointe.

— De toute ta vie, t'as déjà eu besoin d'une courtepointe, ici ?

— Non.

— Alors pourquoi t'en fais une ?

— Les visiteurs les achètent.

— Quels visiteurs ?

— Les gens de Jeffrey, de Mount Haven. Mlle Johnson du Bon Pasteur nous les achète et les vend à des touristes, à Mount Haven. S'il se trouve que la mienne n'est pas trop mal, Mlle Ethel pourrait la lui montrer.

— Chouette.

— Plus que chouette. On a prévu l'électricité pour bientôt et l'eau courante. Les deux coûtent de l'argent. Rien qu'un ventilateur électrique, ça vaut la peine.

— Alors quand j'aurai touché ma paye, tu pourrais t'acheter un réfrigérateur Philco.

— Pourquoi est-ce qu'on aurait besoin d'un frigo ? Je sais faire des conserves et pour le reste dont j'ai besoin, je sors et je le cueille, je le ramasse ou je le tue. En plus, qui fait la cuisine ici ? Toi ou moi ? »

Frank éclata de rire. Cette Cee n'était pas l'enfant qui tremblait au moindre toucher du monde réel et plein de haine. Ce n'était pas non plus la fille d'à peine quinze ans prête à s'enfuir avec le premier qui le lui demanderait. Et ce n'était pas l'aide ménagère qui croyait que tout ce qui lui arrivait sous l'emprise de médicaments était une bonne idée, bonne parce que c'était une blouse blanche qui le disait. Frank ignorait ce qui avait eu lieu durant ces semaines passées chez Mlle Ethel, parmi ces femmes aux yeux qui avaient tout vu. Leur peu d'attentes du monde s'affichait toujours ostensiblement. Leur dévouement mutuel ainsi qu'à Jésus les mettaient au centre et bien au-dessus de leur destinée dans cette vie. Elles avaient rendu à Frank une Cee qui plus jamais n'aurait besoin de sa main sur ses yeux, ni de ses bras pour faire cesser le murmure de ses os.

« Ton utérus ne pourra jamais porter de fruits. »

Ce fut Mlle Ethel qui le lui dit. Sans chagrin ni inquiétude, elle avait transmis la nouvelle comme si elle avait observé un jeune plant envahi par des lapins en maraude. Cee ne savait alors pas plus ce qu'elle devait ressentir à l'annonce de cette nouvelle que ce qu'elle ressentait concernant le docteur Beau. Elle ne pouvait accéder à la colère – elle avait été tellement idiote, tellement désireuse de faire plaisir. Comme d'habitude, elle mettait sa bêtise sur le compte de son manque d'instruction, mais cette excuse s'écroulait dès l'instant où elle songeait aux femmes expertes qui s'étaient occupées d'elle et l'avaient guérie. Certaines devaient se faire lire des versets de la Bible faute de savoir elles-mêmes déchiffrer les caractères d'imprimerie ; ainsi, elles avaient aiguisé les talents propres aux illettrés : mémoire parfaite, esprit photographique, sens aigu de l'odorat et de l'ouïe. Et elles savaient guérir ce qu'un médecin savant et criminel avait saccagé. Si ce n'était pas de l'instruction, alors qu'est-ce que c'était ?

Désignée très tôt par Lenore – la seule dont l'opinion importait à ses parents – comme « enfant du ruisseau » rebutante et à peine tolérée, Cee avait consenti à cette étiquette et se croyait sans valeur, exactement comme l'avait expliqué Mlle Ethel. Ida ne disait jamais : « Tu es mon enfant. Je suis folle de toi. Tu n'es pas née dans le ruisseau. Tu es née dans mes bras. Viens ici, que je te fasse un câlin. » À défaut de sa mère, quelqu'un, quelque part, aurait dû dire ces mots et les penser.

Seul Frank l'estimait. Si son dévouement la protégeait, il ne la fortifiait pas. Aurait-il dû ? Pourquoi était-ce l'affaire de Frank et non la sienne ? Cee ne connaissait pas de femmes faibles ou sottes. Ni Thelma, ni Sarah, ni Ida, et certainement pas les femmes qui l'avaient guérie. Même Mme K., qui laissait les garçons la peloter : elle était coiffeuse et giflait tous ceux qui lui cherchaient noise aussi bien à l'intérieur qu'à l'extérieur de sa cuisine, qu'elle utilisait comme salon de coiffure.

Cela ne tenait donc qu'à elle. Dans ce monde, parmi ces gens, elle voulait être l'individu qui n'aurait plus jamais besoin d'être secouru. Ni des griffes de Lenore grâce aux mensonges du Salaud, ni de celles du docteur Beau grâce au courage de son frère et de Sarah. Exposée ou non aux rayons du soleil, elle voulait être celle qui se secourait elle-même. Avait-elle un cerveau, oui ou non ? Regretter n'arrangerait rien, s'en vouloir non plus, mais réfléchir, peut-être. Si elle ne se respectait pas elle-même, pourquoi quelqu'un d'autre devrait-il le faire ?

D'accord. Elle n'aurait jamais d'enfants dont s'occuper et qui lui donneraient le statut de mère.

D'accord. Elle n'avait pas ni n'aurait probablement jamais de partenaire. Qu'est-ce que cela pouvait bien faire ? L'amour ? Je vous en prie. La protection ? Ouais, sûrement. Les œufs d'or ? Ne me faites pas rire.

D'accord. Elle était sans argent. Mais pas pour longtemps. Il lui faudrait inventer une façon de gagner sa vie.

Quoi d'autre ?

Après que Mlle Ethel lui eut annoncé la mauvaise nouvelle, la vieille femme retourna au jardin derrière la maison, puis remua du marc de café et des coquilles d'œufs dans la terre qui entourait ses plantes. La tête vide, incapable de réagir au diagnostic d'Ethel, Cee la regardait. Un petit sac rempli de gousses d'ail pendait aux cordons de son tablier. Pour les pucerons, disait-elle. Jardinière belliqueuse, Mlle Ethel paralysait ou détruisait les ennemis et nourrissait les plantes. Les limaces se recroquevillaient et mouraient sous une eau assaisonnée de vinaigre. Des ratons laveurs sûrs d'eux et téméraires s'enfuyaient en criant lorsque leurs tendres pattes tou-

chaient le papier journal froissé ou le grillage dispo-
sés autour des plantes. Des tiges de maïs dormaient
en paix sous des sacs en papier, à l'abri des putois.
Confiés à ses soins, les haricots verts se courbaient
puis se redressaient pour faire savoir qu'ils étaient
prêts. Les stolons des fraisiers vagabondaient, leurs
baies rouge impérial luisant dans la pluie du matin.
Les abeilles se rassemblaient pour saluer l'*Illicium*
et en boire le suc. Son jardin n'était pas l'Éden :
il était bien plus que cela. Pour elle, le monde des
prédateurs tout entier menaçait son jardin en riva-
lisant avec son alimentation, sa beauté, ses produits
et ses exigences. Et elle l'aimait.

Qu'aimait donc Cee en ce monde ? Il faudrait
qu'elle y réfléchisse.

Pendant ce temps, son frère était ici avec elle,
ce qui était très réconfortant, mais elle n'avait plus
besoin de lui comme avant. Il lui avait littéralement
sauvé la vie, mais elle ne regrettait ni ne désirait ses
doigts sur sa nuque, qui lui disaient de ne pas pleurer, que tout irait bien. Certaines choses, peut-être,
mais pas tout.

« Je ne pourrai pas avoir d'enfants, lui dit Cee.
Jamais. » Elle baissa la flamme sous la marmite de chou.

« Le docteur ?

— Le docteur.

— J'en suis navré, Cee. Vraiment navré. » Frank
s'avança vers elle.

« Non, dit-elle en repoussant sa main. Au début,
quand Mlle Ethel me l'a dit, ça ne m'a rien fait,
mais maintenant, j'y pense tout le temps. C'est
comme s'il y avait une petite fille, ici, qui attendait
de naître. Elle est quelque part, tout près, dans les

airs, dans cette maison, et elle m'a choisie pour que je la mette au monde. Et maintenant, il faut qu'elle se trouve une autre mère. » Cee éclata en sanglots.

« Allons, petite. Ne pleure pas, murmura Frank.

— Pourquoi ? Je peux être malheureuse si je veux. Ça, tu n'as pas à essayer de le faire partir. Ça ne doit pas partir. C'est juste aussi triste que ça doit l'être et je ne vais pas fuir la vérité uniquement parce qu'elle fait mal. » Cee ne sanglotait plus, mais les larmes coulaient encore sur ses joues.

Frank s'assit, croisa les mains et y appuya son front.

« Tu connais ce sourire sans dents qu'ont les bébés ? dit-elle. Je n'arrête pas de le voir. Je l'ai vu dans un poivron vert, un jour. Une autre fois, un nuage s'est courbé de telle sorte qu'on aurait dit... » Cee n'acheva pas la liste. Elle alla simplement jusqu'au canapé, s'assit, puis commença à trier et retrier les chutes de tissu pour sa courtepointe. De temps a autre, elle s'essuyait les joues du bas de la main.

Frank sortit. Comme il arpentait le jardin à l'avant de la maison, il sentit une palpitation dans sa poitrine. Qui irait faire ça à une jeune fille ? Un docteur, en plus ? Dans quel but, bon sang ? Ses yeux brûlaient et clignaient rapidement pour refouler ce qui aurait pu devenir les larmes qu'il n'avait pas versées depuis qu'il était tout petit. Certes, sa vision était parfois trompeuse, mais il n'avait pas pleuré. Pas une seule fois.

Déconcerté et profondément troublé, il décida d'aller se promener afin d'apaiser ses émotions. Il longea la route, coupa à travers des sentiers et contourna des jardins à l'arrière de maisons. Tout en adressant un geste à des voisines qui passaient de temps en temps, ou à celles qui faisaient des corvées ménagères sur leur galerie, il n'arrivait pas à croire combien il avait jadis haï ce lieu. Désormais, il lui semblait à la fois nouveau et ancien, sûr et exigeant. Quand il se retrouva sur la rive du Misérable, tantôt rivière, tantôt ruisseau, à d'autres moments un lit de boue, il s'accroupit au pied du laurier. Sa sœur était éviscérée, stérile, mais non vaincue. Elle pouvait connaître la vérité, l'accepter et continuer à fabriquer sa courte-pointe. Frank essaya de définir ce qui, à part cela, le troublait et ce qu'il pouvait y faire.

14

Il faut que je vous dise quelque chose tout de suite. Il faut que je vous dise toute la vérité. Je vous ai menti et je me suis menti. Je vous l'ai caché parce que je me le suis caché. Je me sentais tellement fier de pleurer mes amis disparus. Comme je les aimais. Comme je tenais à eux, les regrettais. Mon chagrin était si dense qu'il a entièrement dissimulé ma honte.

Ensuite, Cee m'a dit avoir vu un bébé, une petite fille, sourire dans toute la maison, dans les airs, les nuages. J'ai compris d'un coup. Peut-être que cette petite fille n'attendait pas que Cee la mette au monde. Peut-être qu'elle était déjà morte et qu'elle attendait que je m'avance pour dire comment.

C'est moi qui ai tiré au visage de la Coréenne.

C'est moi qu'elle a touché.

C'est moi qui l'ai vue sourire.

C'est à moi qu'elle a dit « miam-miam ».

C'est moi qu'elle a excité.

Une enfant. Une toute petite fille.

Je n'ai pas réfléchi. Pas eu besoin.

Valait mieux qu'elle meure.

Comment pouvais-je la laisser vivre une fois qu'elle

m'avait emmené dans un lieu dont je ne savais pas qu'il était en moi ?

Comment pouvais-je m'aimer, voire être moi-même, si je capitulais face à cet endroit où je baisse la fermeture de ma braguette et la laisse me goûter immédiatement ?

Et encore le lendemain, et le surlendemain, aussi longtemps qu'elle est venue fouiller dans nos ordures.

C'est quel genre d'homme, ça ?

Et quel genre d'homme croit pouvoir jamais payer durant sa vie le prix de cette orange ?

Vous pouvez continuer à écrire, mais je crois que vous devriez savoir ce qui est vrai.

15

Le lendemain matin au petit déjeuner, Cee semblait être redevenue cette nouvelle jeune fille calme,
sûre d'elle, active et pleine d'entrain. Tout en ser-
vant une cuillerée de pommes de terre et oignons
frits dans l'assiette de Frank, elle lui demanda s'il
voulait ou non des œufs également.

Il refusa, mais voulait bien reprendre du café. Il
avait passé une nuit blanche, houleuse et mêlée de
pensées troublantes qui ne lui laissaient aucun répit.
La façon dont il avait caché sa culpabilité et sa honte
sous le deuil spectaculaire de ses copains disparus.
Jour et nuit, il s'était raccroché à cette souffrance
car, en dissimulant la petite Coréenne, elle le déli-
vrait d'une épine. À présent, celle-ci était profondément enfoncée dans sa poitrine et rien n'arrivait à
l'en déloger. La meilleure chose qu'il pouvait espé-
rer était que le temps la libère. En attendant, il y
avait des choses utiles qu'il fallait accomplir.

« Cee ? » En regardant le visage de sa sœur, Frank fut
content de voir que ses yeux étaient secs et paisibles.

« Qu'est-ce qu'il est devenu, cet endroit où on
partait en cachette, dans le temps ? Tu te souviens ?
Ils avaient des chevaux, là-bas.

— Je me souviens, répondit Cee. J'ai entendu dire que des gens l'avaient acheté pour en faire un lieu où jouer aux cartes. Miser jour et nuit. Et qu'ils faisaient aussi venir des femmes là-dedans. Après, j'ai entendu dire qu'ils organisaient des combats de chiens.

— Qu'est-ce qu'ils ont fait des chevaux ? Quelqu'un sait ?

— Pas moi. Demande à Salem. Il ne dit rien, mais il sait tout ce qui se passe. »

Frank n'avait pas l'intention d'entrer dans la maison de Lenore pour découvrir où était Salem. Il savait exactement quand et où le trouver. Le vieillard était aussi régulier dans ses habitudes qu'un corbeau. Il perchait sur la galerie d'un ami à une certaine heure, s'envolait à Jeffrey un certain jour et comptait sur les voisins pour lui donner quelque chose à grignoter entre les repas. Comme toujours, après dîner, il s'installait parmi la volée réunie sur la galerie de Fish Eye Anderson.

À l'exception de Salem, ces hommes étaient d'anciens combattants. Les deux plus âgés avaient fait la Première Guerre mondiale, le reste s'était battu durant la Seconde. Ils savaient ce qui se passait en Corée, mais faute de comprendre de quoi il retournait, ils n'accordaient pas au conflit le respect – le sérieux – qu'il méritait selon Frank. Les anciens combattants classaient guerres et batailles en fonction du nombre de pertes · trois mille à cet endroit ; soixante mille dans les tranchées ; douze mille ailleurs. Plus il y avait de tués, plus les guerriers étaient courageux et non les commandants, plus stupides. Même s'il n'avait pas d'anecdotes ni d'opinion sur l'armée,

Salem Money était un joueur passionné. À présent que sa femme était contrainte de passer l'essentiel de son temps au lit ou sur une chaise longue, il était plus libre que jamais. Bien sûr, il lui fallait écouter ses jérémiades, mais la difficulté d'élocution de Lenore l'aidait à faire semblant de ne pas comprendre ce qu'elle racontait. Un autre avantage était que lui-même s'occupait désormais de l'argent : chaque mois, il se faisait conduire à Jeffrey et prélevait le nécessaire sur leur compte. Si Lenore demandait à voir le livret bancaire, il l'ignorait ou répondait : « Ne t'inquiète donc pas. Chaque dollar se porte bien. »

Après dîner, quasiment tous les jours, Salem et ses amis se réunissaient pour jouer aux dames, aux échecs et, de temps en temps, au whist. Il y avait en permanence deux tables sur la galerie encombrée de Fish Eye. Des cannes à pêche étaient inclinées contre la balustrade, des paniers de légumes attendaient qu'on les emporte à la maison ; des bouteilles de soda vides, des journaux – toutes les accumulations d'objets qui mettaient ces hommes à l'aise. Pendant que deux couples de joueurs bougeaient les pièces, les autres s'appuyaient contre la balustrade pour rire, donner des conseils et taquiner les perdants. Frank enjamba un panier de betteraves rouges et se glissa parmi le groupe de spectateurs. Dès que la partie de whist fut terminée, il s'avança vers l'échiquier, au-dessus duquel Salem et Fish Eye méditaient de longues minutes entre chaque coup. Ce fut durant l'une de ces pauses qu'il parla.

« Cee me dit que cet endroit, là-bas – avec les chevaux – celui qui était un haras, avant. Elle dit que, maintenant, on y fait des combats de chiens. C'est vrai ?

— Des combats de chiens. »

Salem se couvrit la bouche pour étouffer le rire qui s'en échappait.

« Pourquoi tu ris ?

— Des combats de chiens. Si au moins il n'y avait eu que ça. Non. Cet endroit a brûlé il y a un moment, grâce à Dieu dans sa bonté. » D'un geste de la main, Salem ordonna à Frank de ne pas troubler sa concentration pour le coup suivant.

« Tu veux savoir, pour ces combats de chiens ? » demanda Fish Eye. Il semblait soulagé par cette interruption. « Plutôt des combats d'hommes traités comme des chiens. »

Un autre parla franchement. « T'as pas vu ce gars qu'est passé par ici en pleurant ? Comment est-ce qu'il s'appelait ? Andrew, tu te souviens de son nom ?

— Jerome, répondit Andrew. Même nom que mon frère. C'est comme ça que je m'en souviens.

— C'est bien lui. Jerome, dit Fish Eye en se donnant une tape sur le genou. Il nous a raconté qu'on les avait ramenés d'Alabama, lui et son père. Attachés par une corde. On les a fait se battre. À coups de couteau.

— Non monsieur. Avec des crans d'arrêt. Ouais, des crans d'arrêt. » Salem cracha par-dessus la balustrade. « Il a dit qu'ils avaient été obligés de se battre à mort.

— Quoi ? » Frank sentit sa gorge se serrer.

« C'est exact. L'un des deux devait mourir, sans quoi ils mourraient tous les deux. Les gens pariaient sur qui allait y rester. » Salem fronça les sourcils et se recroquevilla dans son fauteuil.

« Le gars a dit qu'ils s'étaient un peu tailladés

— juste assez pour faire couler un filet de sang. Le jeu était organisé de telle sorte que seul le survivant pouvait partir. Donc l'un des deux devait tuer l'autre. » Andrew secoua la tête.

Les hommes devinrent un chœur, ajoutant ce qu'ils savaient et ressentaient entre ou par-dessus les observations de chacun.

« Ils ont fait pire que des combats de chiens. Ils ont transformé des hommes en chiens.

— Vous imaginez ça ? Monter le père contre le fils ?

— Paraît qu'il a dit à son père : "Non, Papa. Non."

— Son père lui a répondu : "T'es obligé."

— Ça, c'est une prise de décision diabolique. Quoi qu'on choisisse, c'est un voyage garanti en enfer.

— Alors quand il a continué à dire non, son père lui a fait : "Obéis-moi, fiston, pour la dernière fois. Vas-y." Paraît qu'il a répondu à son père : "Je peux pas t'ôter la vie." Et son père lui a dit : "C'est pas ça, la vie." Pendant ce temps-là, la foule, bourrée et surexcitée, se déchaînait de plus en plus et hurlait : "Arrêtez de jacasser. Battez-vous ! Bon Dieu ! Battez-vous !"

— Et ? » Frank était haletant.

« Et qu'est-ce que tu crois ? Il l'a fait, dit Fish Eye, à nouveau furieux. Il est venu ici en pleurant et il nous a tout raconté. Tout. Le pauvre. Rose Ellen et Ethel Fordham ont fait la quête pour lui, pour qu'il puisse s'en aller quelque part. Maylene aussi. On a tous rassemblé des vêtements pour lui. Il baignait dans le sang.

— Si le shérif l'avait vu dégouliner de sang, il serait en prison aujourd'hui même.

— On l'a fait partir à dos de mule.

— Tout ce qu'il a gagné, c'est sa vie, dont je doute qu'elle ait valu grand-chose pour lui après ça.

— Je ne crois pas qu'ils aient mis fin à ce cirque avant Pearl Harbor, dit Salem.

— Quand ça s'est passé ? demanda Frank en serrant la mâchoire.

— Quand s'est passé quoi ?

— Quand le fils, Jerome, est venu ici.

— Ça fait longtemps. Dix ou quinze ans, je suppose. »

Frank se tournait pour partir lorsque surgit une autre question. « Au fait, qu'est-ce qui est arrivé aux chevaux ?

— Je crois qu'ils les ont vendus », répondit Salem. Fish Eye opina du chef. « Ouais. À un abattoir. »

« Quoi ? » C'est difficile à croire, songea Frank.

« Le cheval, c'était la seule viande à ne pas être rationnée pendant la guerre, tu vois, répondit Fish Eye. Moi-même j'en ai mangé en Italie. En France aussi. Ça a exactement le goût du bœuf, mais en moins prononcé.

— T'en as mangé aussi dans cette bonne vieille Amérique, mais sans le savoir. » Andrew éclata de rire.

Salem, impatient de revenir à l'échiquier, changea de sujet. « Dis, comment va ta sœur ?

— Guérie, répondit Frank. Ça va aller.

— Est-ce qu'elle a dit ce qui est arrivé à ma Ford ?

— C'est bien le cadet de ses soucis, grand-père. Et ça devrait être le cadet des tiens.

— Ouais, bon. » Salem bougea sa reine.

16

Cee refusait de céder la courtepointe. Frank la voulait pour quelque chose, quelque chose qui le tracas-
sait. Cette courtepointe était la première qu'elle avait
faite toute seule. Dès qu'elle avait pu se redresser dans
son lit sans avoir de douleurs ni de saignements, les
femmes du voisinage avaient envahi la chambre de
la malade et commencé à trier des chutes de tissu
tout en discutant de leurs traitements et des prières
les plus utiles dont Jésus tiendrait compte. Elles
chantaient également, tout en assemblant la palette
de chutes sur laquelle elles s'étaient mises d'accord.
Cee savait que sa propre courtepointe n'était pas
très belle, mais selon Frank elle était parfaite. Parfaite pour quoi ? Il refusait de le dire.

« Allez, Cee. J'en ai besoin. Et il faut que tu
viennes avec moi. Il faut qu'on y soit tous les deux.

— Où ça ?

— Fais-moi confiance. »

Il était en retard pour le déjeuner et, quand il
franchit la porte, il était en nage et hors d'haleine,
comme s'il avait couru. Un morceau de bois incrusté
de sable, de la taille d'une règle, dépassait de sa poche
arrière. En outre, il tenait une pelle.

Cee lui dit non. Hors de question. La courtepointe avait beau être maladroite, elle chérissait son motif quelconque et sa palette choisie au petit bonheur. Frank insista. Au vu de sa transpiration et de l'acier dans son regard, Cee comprit que ce qu'il préparait était très important pour lui. À contrecœur, elle enfila ses sandales et le suivit, de nouveau embarrassée par la médiocrité de l'ouvrage qu'il transportait sur son épaule. Quiconque les voyait croirait peut-être qu'ils allaient à la pêche. À cinq heures ? Avec une pelle ? Sûrement pas.

Ils se dirigèrent vers les abords de la ville, puis tournèrent sur une route carrossable – la même que celle qu'ils avaient suivie enfants. Quand Cee, entravée par ses fines sandales, trébuchait à répétition sur les cailloux, Frank ralentissait le pas et prenait sa main dans la sienne. Il était inutile de lui poser des questions. Tout comme dans le temps, lorsqu'ils s'aventuraient main dans la main en territoire inconnu, Cee accompagnait son grand frère sans dire un mot. Elle avait beau être contrariée de recommencer en cet instant à faire ce que voulaient les autres, Cee coopérait néanmoins. Pour cette fois-ci, se dit-elle. Je ne veux pas que Frank prenne de décisions à ma place.

Les perceptions évoluent : les champs se rétrécissent à mesure que l'on vieillit ; pour un enfant, une attente d'une demi-heure est aussi longue qu'une journée Les sept kilomètres de leur rude parcours prirent les deux heures qu'ils prenaient quand ils étaient petits ; pourtant, à l'époque, le trajet leur semblait interminable et loin, très loin de chez eux. La clôture autrefois si solide était tombée dans la plupart des endroits – les panneaux menaçants qui la doublaient, dont certains exhibaient les contours d'une tête de mort, avaient disparu ou n'étaient plus que des mises en garde fantômes pointant à travers l'herbe haute. Dès que Cee reconnut le lieu, elle dit : « Il a entièrement brûlé. Je ne savais pas, et toi ?

— Salem me l'a dit, mais ce n'est pas là qu'on va. » Frank se protégea les yeux un moment avant de repartir en longeant ce qui restait de la clôture. Soudain, il s'arrêta et testa le sol en tapant du pied dans l'herbe et en le tassant par endroits, jusqu'à ce qu'il trouve ce qu'il cherchait.

— Oui, dit-il. Juste ici. » Il échangea la courte-pointe contre la pelle et se mit à creuser.

Des os tellement petits. Si peu de vêtements. Le crâne, cependant, était propre et souriant.

Cee se mordit la lèvre en se forçant à ne pas détourner les yeux, à ne pas être l'enfant terrifiée qui ne pouvait supporter de regarder en face le massacre ayant lieu dans le monde, aussi impie soit-il. Cette fois, elle n'eut aucun mouvement de recul, ni ne ferma les paupières.

Avec soin, grand soin, Frank plaça les os sur la courtepointe de Cee en faisant de son mieux pour les disposer ainsi qu'ils l'étaient jadis, durant la vie. La courtepointe devint un linceul lilas, cramoisi, jaune et bleu marine foncé. Ensemble, ils replièrent l'étoffe et en nouèrent les extrémités. Frank tendit la pelle à Cee et porta le monsieur dans ses bras. Ils repartirent au bout de la route carrossable, puis s'éloignèrent des abords de Lotus pour se diriger vers la rivière. Ils retrouvèrent rapidement le laurier – fendu en son milieu, décimé, mort-vivant – qui écartait les bras, un vers la droite, un vers la gauche. Là, à sa base, Frank plaça la courtepointe recélant les ossements et qui, tout d'abord linceul, était à présent un cercueil. Cee lui tendit la pelle. Alors qu'il creusait, elle regardait les ondulations de la rivière et le feuillage du côté opposé.

« Qui c'est ? demanda Cee en désignant l'autre rive.

— Où ? dit Frank, qui se tourna pour regarder. Je ne vois personne.

— Il est parti, maintenant, j'imagine. » Mais elle n'en était pas certaine. Elle avait eu l'impression de voir un petit homme vêtu d'un drôle de costume, qui balançait une chaîne de montre. Et affichait un large sourire.

Frank creusa un trou d'environ un mètre cinquante et large de quatre-vingt-dix centimètres. Il lui fallut manœuvrer car les racines du laurier résistaient à cette agression et se défendaient. Le soleil, devenu rouge, était sur le point de se coucher. Les moustiques tremblaient au-dessus de l'eau. Les abeilles étaient rentrées chez elles. Les lucioles attendaient la nuit. Et une légère odeur de grappes de muscat, picorées par les colibris, apaisa le fossoyeur. Quand enfin la chose fut faite, un vent bienvenu se leva. Frère et sœur glissèrent le cercueil aux couleurs pastel dans la tombe verticale. Lorsqu'elle fut recouverte de terre, Frank tira de sa poche le morceau de bois incrusté de sable et deux clous, qu'il enfonça à l'aide d'une grosse pierre pour le fixer à l'arbre. Un clou se recourba et devint inutile, mais l'autre tint suffisamment pour exposer les mots que Frank avait peints sur l'écriteau en bois.

Ici se dresse un homme.

Vœu pieu, peut-être, mais il aurait pu jurer que le laurier se faisait une joie d'acquiescer. Ses feuilles vert olive s'agitèrent en tous sens à la lueur d'un opulent soleil rouge cerise.

Je suis resté un long moment à contempler cet arbre.
Il avait l'air tellement fort
Tellement beau.
Blessé pile en son milieu
Mais vivant et bien portant.
Cee m'a touché l'épaule
Légèrement.
Frank ?
Oui ?
Viens, mon frère. On rentre à la maison.